最弱テイマーは……の旅を……た。 11

The Weakest Tamer Began a Journey to Pick Up Trash.

Honobonoru500
ほのぼのる500
Illustration ✿ なま

TOブックス

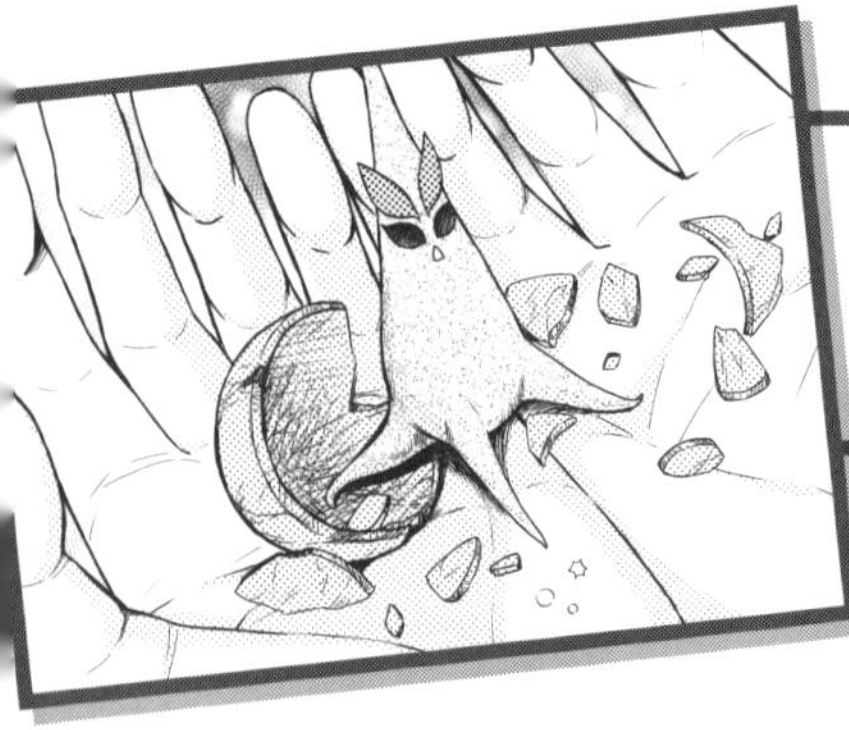

START!

旅を再開！
次の村はどんな
村だろう？

今度こそ何もないといいな……！
「フリ」じゃないからね！

村についた、
ケド——。
1マス進む

村の人と教会の関係性は
最悪みたい。あまり
長居しないで、少し休んで
さっさと出ないとだ。

行き倒れの
女性を発見！
1回休み

もしかして、教会から
逃げてきたのかな……。
ひどい状態。助けなきゃ。

これまでのアイビーの旅路――。

新しい家族が増えた!? 1回休み

木の魔物から受け取った
木の実から生まれたみたい!
名前は「トロン」
よろしくね。

トロンもすごい? 3マス進む

トロンの能力でカリョの
花畑が枯れた!?
養分を吸い取る能力
…ってこと?

やっぱり教会は嫌い!! マリャさんを連れて追手から逃れないと!

To be continued……

もくじ

第9章 ✿ ハタル村と逃亡　後編

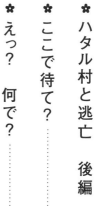

Illustration なま　Design AFTERGLOW

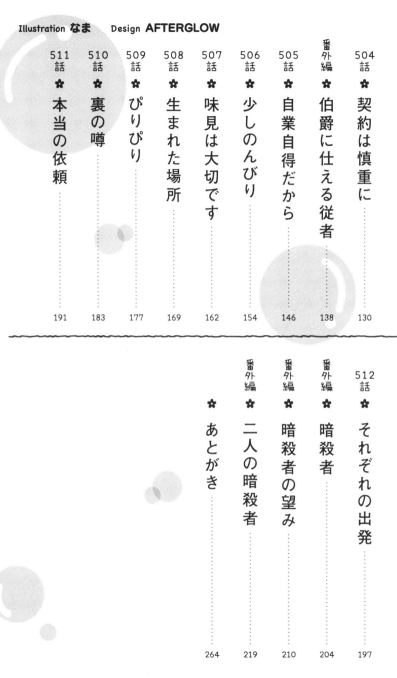

Character
ドルイド
右腕をなくしたおっさん冒険者。
瀕死のところをソラに治療され、
仲間となる。
過保護になりがち。
本当の姿
シエル
行く先々で出会った
アダンダラ（猫の魔物）。
なぜかアイビーに懐いている。
魔石の力でスライムに
変化しがち。
アイビー
スキルの星がなかったため
親から見放され、
サバイバルの旅に出る。
前世の記憶を持つ。
か弱くみられがち。
マリャ
教会から逃亡中のお姉さん。
とてもレアな「未来視」の
スキルを持っている。
遠慮しがち。
トロン
木の魔物の赤ちゃん。
ぐんぐん成長中で
狭いところにはまりがち。
フレム
ソラの分裂で生まれた
色違いの分身(?)。
なぜかドルイドと仲良しで、
よく眠りがち。
ソラ
アイビーが初めて
テイムしたスライム。
崩れスライムというレア種族。
最近雑食になりがち。
ソル
フレムから生まれたスライム。
手のひらサイズで、
自由に動きがち。

第9章 ✿ ハタル村と逃亡　後編

The Weakest Tamer
Began a Journey to
Pick Up Trash.

487話　ここで待て？

お父さんの妹という設定になったので、私から言えば叔母《おば》さん。最初は叔母さんと呼ぼうと思ったが、どうにも違和感があり、お父さんと相談をしてお姉ちゃんと呼ぶ事になった。最初はお姉さんと呼んだんだけど、冒険者や旅をしている人はそんなに丁寧に呼ばないと言われたのでお姉ちゃんに変更。お母さんと呼ぶとなぜかむずむずしたけれど、お姉ちゃんと呼ぶとしっくりくるから不思議だ。

「お姉ちゃん、それ砂糖だよ！」

「あれ？　あっ、こっちが塩？」

「そうそう」

お姉ちゃんの様子を見て、少し首を傾《かし》げる。砂糖と塩の入っている入れ物を見る。同じ形で同じ大きさ。違いは蓋《ふた》の色が違うぐらい。でも、赤とオレンジだから間違う筈がないんだけど……。

「どうした？」

お父さんが周辺の見回りから帰ってくる。

「何でもない。お父さん、どうだった？」

「周辺に異常はなかったから大丈夫だ。朝ごはんを食べたら移動しようか」

「うん。シエルは帰って来ないね」

「そうだな。まぁ、シエルだから大丈夫だろう」

「うん」

昨日の夕方、走って何処かに行ってから、まだ帰って来ないシエル。いつ頃、帰ってくるのかな？　シエルが強いとは知っているけど、不安になってくる。早く帰ってきてほしい。

今日の朝は、作り置きしたおにぎりと昨日の残りのスープに葉野菜を足した物。野菜の旨味が足されておいしい筈。

「お兄ちゃん、どうぞ」

お姉ちゃんがお父さんにお茶を渡す。夫婦設定の時より自然な感じのお姉ちゃん。元々お兄ちゃんがほしかったらしく、兄妹設定になってこっそり喜んでいる様だ。

「さて、片付けて……あっ、やばい！」

お父さんが慌てて私を見る。

「どうしたの？」

「この場所が何処かわかってないよな。俺たち」

ん？　……あっ、そうだ。森の中はシエルに道案内してもらっているから、おおよその場所しか把握していない。しかも今回は、お姉ちゃんの事があって、予定外の方向へ歩いてしまっている。

「うん。私たち迷子だね、お父さん」

「そうだな」

「さすがにちょっと駄目だね」

私の言葉にお父さんが、気まずい表情をした。

「俺の責任だな」

「それは違うよ。絶対に」

お父さんだけの責任ではなく、二人の責任。それにしても、どうしたらいいかな？　お父さんが、マジックバッグから地図を取り出して広げる。

「片付けるね」

「悪い。おおよその場所が何処か、がんばって見つけるよ」

「うん。がんばって」

私とお父さんのやりとりに、困惑しているお姉ちゃん。

「お姉ちゃん、片付けるから手伝ってほしい」

「は……うん。何をすればいいの？」

近くの木から葉っぱをちぎって、お皿に付いた汚れをこすり取る。

「こうやって、汚れを取ってくれる？」

お姉ちゃんが汚れを取ったお皿を、石鹸《せっけん》を混ぜた水で洗う。最後に綺麗な水でお皿を濯《すす》いで、カゴに入れて水切りしたら完了。出発する直前まで、水切りしておこう。

「終わったよ。何処にいるかわかった？」

「二ヶ所まで絞ったんだが……どっちだと思う？」

お父さんが指差している場所を見る。

「どっちだろうね」

地図から見た二ヶ所の周りは、ほぼ同じに見える。

「わかりづらいよな。どっちにも右に大きな石があって、その石から少し歩いたら川があって……。配置がほぼ同じだから、この場所がどっちなのか区別が出来ないんだ」

石の大きさが違う様な気もするけど、大きさまでは書いていない。まぁ、書かれていても目の前にある大きな石の大きさがわからないかぎり、意味はないけど。

「そういえば、次の村の名前を聞いてなかった」

「ん？　ハタハ村だ。ここ」

お父さんが指す場所を見る。地図が正確ならあまり大きな村ではない様だ。

「これ。間違えたらつらいね」

お父さんが見つけた二ヶ所からハタハ村の場所は、一ヶ所は右側にあり、もう一ヶ所は左側にある。間違ったほうの場所を選んだ場合、ハタハ村から遠ざかってしまう。お父さんと私だけなら遠回りしても、一日で何とか引き返せるだろう。つらいが何とかなる。でも、お姉ちゃんの体力を考えると、間違えられない。

「大丈夫？」

お姉ちゃんが心配そうに、地図を見る。

「地図を初めて見た」

お姉ちゃんの言葉に驚いて、地図から顔を上げる。

「そうなの？」

「うん。……何を表しているのか、さっぱりわからないけど、細かいんだね」

「この地図は、結構詳しく書かれているほうかな。時間が空いたら地図の見方を教えるよ」

お父さんの言葉にうれしそうに地図を眺めるお姉ちゃん。

「ありがとう」

「てっりゅりゅ～」

三人で地図を見ていると、フレムがいつもより大きな声で鳴いた。慌ててフレムを探すと、ぴょんと地図の上に飛び乗ってくる。

「フレム？　どうしたの？」

珍しいな。話し合いなどをしている時は邪魔する事がないのに。

「ぺふっ？」

「ソル？」

「ぷっぷぷ～」

「ソラもいるの？　どうしたんだろう」

足元を見ると、ソラとソルが私を見つめている。二匹を抱きあげる。

「あれ？　地図は？」

「片付けたよ」

お父さんの言葉に、なぜかうれしそうにするソラ。地図の上にいたフレムは、お姉ちゃんに抱き上げられていた。が、ちょっとその持ち方が怖い。お姉ちゃんの腕の中にいるフレムも、目を見開いて不安そうに私を見てくる。

「大丈夫だよ。たぶん」

「りゅ～」

フレムの情けない声に、少し口元が緩む。可愛いけど、ちょっと可哀そうかな。机の上にソラとソルを置くと、お姉ちゃんがそっとフレムを机の上に置いた。

「てりゅ～」

フレムの鳴き声に首を傾げるお姉ちゃん。

「お姉ちゃん」

「何で……何？」

話し方は、まだ慣れないみたいだな。

「もう少し、しっかりフレムを掴んであげたほうが安心するから」

お姉ちゃんが自分の手を見て、ギュッと握る。

「大丈夫なの？　何だか、ぷよぷよしててギュッと握ったら駄目かなって」

「結構強く握っても大丈夫だぞ」

お父さんの言葉に頷《うなず》くと、机の上でフレムも力強く頷いていた。そうとうお姉ちゃんの持ち方が怖かったのかな？

「わかった。次は気を付けるね」

「てっりゅりゅ～」

フレムがホッとした声で鳴くと、ソラとソルもうれしそうに鳴いた。

「ところで、何か用事でもあったのか？」

お父さんの言葉に机の上でプルプル揺れる三匹。本当に何がしたいんだろう？

「珍しいよな？」

「うん。いつもなら話が終わってから遊びに来るのに」

地図を見るのを邪魔したのかな？　でも、どうして？

「もしかして、この場所を動かないほうがいい？」

「えっ？」

「ぷっぷぷ～」

「てっりゅりゅ～」

「ぺふっ」

どうやら正解の様だけど、どうして？　ここにいないといけない理由でもあるのかな？

「もしかして、シエルを待ってるの？」

私の言葉にプルプルが激しくなる。

「ぷっぷぷ～」

「てっりゅりゅ～」

「ぺふっ」

頷きながら揺れてる。器用だな。

「どうする？」

「皆が、こう言うなら待ってたほうがいいんだろうね」

「そうだな」

前にもシエルがいない時があった。あの時は、シエルが食事に行ったからいなかったんだけど、その時は移動してもソラたちは止めなかった。今日止めたのは、きっと理由があるんだろう。

488話　えっ？　何で？

「それは？」

お姉ちゃんが私が作っているモノを見て首を傾げる。

「罠《わな》で使うカゴを修繕しているの」

「罠？」

「そう。野鼠《のねずみ》や野ウサギが通る場所に設置しておくと、運が良かったら罠に掛かってくれるから」

お父さんが言うには、野ウサギがいるらしい。確かに小動物の痕跡《こんせき》は私も見つけた。ただ、他で見た痕跡と少し違ったから、それが野ウサギなのかはちょっと不明。

「私でも作れるかな？」

「もちろん」

お姉ちゃんに用意していた壊れたカゴを五個渡す。

「縄が結べたら作れるよ。ただ、縄はしっかり結んでね。結び目が弱いと、獲物が中で暴れたら壊れちゃうから」

「わかった」

「この五個を綺麗なカゴの形になるように重ねて、縄でしっかり結んでほしい」

「わかった」

隣に座ったお姉ちゃんは、壊れたカゴ二つを色々な重ね方をして首を傾げている。最初はどうすれば、綺麗なカゴの形になるか悩むもんね。私も最初の頃はかなりいびつなカゴになってたな。今では、頭の中である程度どの部分を重ねればいいか考えられるようになったけど。

「あれ？　カゴにならない」

一生懸命カゴの形にしようとしているお姉ちゃんに、助言をしながらカゴを仕上げていく。カゴの形になったら強度を上げる為に縄をカゴに絡めていく必要がある。

「ただいま」

「「おかえり」」

罠を仕掛ける場所を探しに行っていたお父さんが戻ってきた。

「何処かいい場所はあった？」

「あぁ、数ヶ所見つけてきた。おっ、いい感じに作れているな」

出来上がったカゴを持つお父さんは、カゴに少し力を入れて強度を確かめている。

「いい感じだな」

「うん。上手く作れたと思う」

今回は、あまり劣化していない縄を捨て場で見つけていたので、少し強めの強度を持つ罠を作る事が出来た。

「ぷっぷぷ～」

ソラの鳴き声に視線を向けると、出来上がったカゴの一つから顔を出していた。カゴの中から私たちを見て、満足そうな表情をしている。

「ソラ、それは仕掛けに使う罠だからね。遊んじゃ駄目だよ」

「ぷ～」

不服そうに返される返事。

「そんな声で鳴いたって駄目。それは罠で使います」

「ぷっぷ」

ソラが少しだけ体をカゴから出して、私の傍に置いてあるトロンが入っているカゴを見る。そして不服そうに鳴く。

「ソラ、トロンが羨《うらや》ましいんじゃないか？　トロンだけでカゴを使っているから」

えっ？　トロンを見る。確かにソラたちが入っているのは、ソラたち専用に購入したバッグだ。

「ソラもカゴを使いたいの?」

「カゴがというより、トロン専用の物があるのが羨ましいんだろう」

あっ、そういう事か。確かに、トロンだけでカゴを使ってるね。最初、か弱そうに見えたから、押しつぶされないようにカゴにしたんだよね。そっと足元を見る。カゴの中で気持ち良さそうに寝ているトロン。そういえば、今日はよく寝てるな。木魔病にかかった木を枯らしてから、トロンの幹がほんの少しだけ太くなった。と言っても、まだ不安になる細さではあるけれど。

「ソラ専用は難しいよね。ソラに作ったらフレムたちにも必要になるだろうし」

「そうだな。それぞれに専用の物は難しいかもな」

どうしたらいいかな? それぞれに専用かぁ。

「あっ、寝床はどうだろう?」

「寝床?」

「うん。バッグはさすがに無理だから、それぞれに専用の寝床をカゴで作ってあげるの」

ソラを見ると、こちらを窺《うかが》っているのがわかる。

「ソラ、どう? バッグを専用には作れないけど、ソラ専用の寝床は作れるよ」

「ぷっぷぷ～」

うれしそうに鳴くソラ。そんなに専用の物がほしかったのかな?

「てっりゅりゅ～?」

フレムも私を窺うように見る。その隣にはソル。

「もちろん、フレムにもソルにも専用の寝床を作るよ」

「てっりゅりゅ～」

「ぺふっぺふっ」

良かった。何とか皆の望みを叶えてあげられそう。色々お世話になっているからね。私に出来る事はしたい。

「次の村に行ったら材料の調達だな。今からどんな物を作るか考えておこうか」

「うん」

ソラたちは、綺麗でカッコいいからな。今から作るのが楽しみだな。

「出来た」

お姉ちゃんの初めての罠が完成した。ちょっといびつな形のカゴだけど、しっかり縄で強度をつけているので大丈夫だろう。

「これ、使えるかな？」

お父さんがお姉ちゃんからカゴを受け取ると、先ほどしたように少し力を加える。最初のカゴの組み合わせに少し無理な場所があるのか、カゴが歪《ゆが》まないように縄がしっかり補助している。

「大丈夫だろう。お疲れ様」

お姉ちゃんを見ると、腕をぷるぷるさせている。何気にしっかり結ぶ時に力がいるんだよね。

「よしっ、罠を仕掛けに行くか」

お父さんを先頭に、お姉ちゃんと私。周りをソラとフレムたちが歩く。

「この木の辺りに、野ウサギの痕跡があるんだ」

お父さんが指すほうを見れば、確かに足跡と糞《ふん》がある。よく見ると、周りにも足跡や糞が沢山見られる。

「いいね。この場所」

「そうだろ？　魔物の足跡は少ないし、かなりおすすめの場所だ」

「うん。ここにしよう」

罠を隠す為の枯れ葉と小枝や木の枝をお姉ちゃんと一緒に集める。集めた物を両手一杯に持ってお父さんの下へ行くと、既《すで》にカゴの設置は終わってあとは隠すだけになっていた。

「これぐらいあれば大丈夫だよね」

「あぁ、アイビーもマリャもありがとう」

仕掛けたカゴの上に、運んできた枯れ葉や小枝を乗せていく。全体が枯れ葉などに覆われると設置完了。

「完全に見えなくなったな。よし、お終い」

「ぷっぷぷ～」

ソラが仕掛けた罠を覗きに行く。

「危ないよ」

悪戯《いたずら》はするけど、邪魔はしないソラだから罠に何かする事はないと思うけれど、一応声を掛けておく。

「ぷ～」

ちょっと不服そうに鳴くソラ。可愛いので、頭を撫でておく。まんざらでもない表情になるソラは、やっぱり可愛い。

「あれ？」

何かを感じて視線を周辺に向ける。もう少しその何かを探る為に広範囲に気配を広げ、気になったモノを探す。もしも気になった何かが魔物の気配だった場合は、すぐに対処をしなければならない。

「どうした？」

「何かが気になって」

あっ、気配だ。魔物とは違うし動物とも違う。これって……人の気配！

「誰かがこっちに近付いて来るみたい」

「えっ！」

お姉ちゃんの顔色が一気に悪くなる。

「急いで、テントの所まで戻ろう」

「うん」

罠を仕掛ける為に持ってきた道具を片付け、急いでテントまで戻る。あれ？　まだかなり遠いのに、気配がしっかり読めた。何で？　それにこの気配、知ってる気がする。何処でだっけ。

「どうした？」

「知っている気配の様な気がして」

「そうなのか？」

「うん」

まだまだ遠い気配を手繰り寄せる。うん、やっぱり知ってる。ここ最近出会った人だ。あっ！

彼らの気配に似ている。きっと向こうからも気配を送って、私に知らせてくれているんだ。そうじゃないと、この距離でこんなにはっきり気配が読めるわけがない。

「お父さん、たぶんジナルさんたちだと思う」

「えっ？　ジナル？」

お父さんの驚いた声に、頷く。まさか、こんなに早くジナルさんたちと再会するなんて。あっ、と思って、お姉ちゃんを見る。自ら問題を抱え込んだって知ったら、怒られるかも。

489話　ジナルさんたちとの再会

「やっぱり、ジナルさんたちだ」

それに気配が薄過ぎて気付かなかったけど、シエルもいる。なぜシエルとジナルさんたちが一緒にいるんだろう？　戻って来る時にでも、会ったのかな？

「久しぶりだな。元気だったか？　あれ、誰だ？」

あははは。どう説明しようかな？

「にゃうん」

「シエル、おかえり。怪我とかしてない？」

「にゃうん」

私の言葉に尻尾をパタパタと動かすシエル。喉《のど》辺りを撫でると、ゴロゴロと喉を鳴らして甘えてくれる。全身に目を走らせるが、特に問題はなさそうだ。

「どうしてシエルと一緒にいるんですか？」

私の質問に、お姉ちゃんを気にしながらジナルさんが答えてくれる。

「それが、王都に向かっている村道でいきなり目の前にアダンダラが現れて、あれはさすがにやばかった」

やばかった？

「いきなり目の前だからな」

フィーシェさんが、笑いながらシエルの頭を撫でる。何だろう。何だかフィーシェさんが随分《ずいぶん》と疲れた表情をしている様な気がする。

「ははっ。シエルだとは思わなかったから、殺されると覚悟したな」

ジナルさんが笑って言うけど、笑えない。

「まぁ、あんなに尻尾を振られていたら、すぐにシエルだと気付いたけどな」

ガリットさんの言葉に、ジナルさんとフィーシェさんが楽しそうに頷く。

「ジナルたちは、何処ら辺にいたんだ？」

お父さんの言葉に、ジナルさんが少し考える。

「ハタル村がちょっときな臭かったから、寄るのをやめて一日歩いたか？」

「あぁ、そうだな」

きな臭いか、ハタカ村はどうなっているんだろう。ギルマスさんや団長さんは大丈夫かな？

「なるほど。もしかしてシエルはジナルたちを迎えに行っていたのか？」

「にゃうん」

そうなの？　というか、ジナルさんたちがどうしてそこにいるとわかったんだろう。すご過ぎるんだけど。

「でっ？　そちらのほうは？」

フィーシェさんが、にこやかにお父さんに訊く。ジナルさんもじっとお父さんを見ている。

「彼女はマリャと言って……ハタル村の教会で監禁されていたそうなんだ。村の少年が彼女を助けたんだが、彼は追っ手を誘導する為村に戻り、彼女は森へ逃げたと聞いている。俺たちとは岩穴に隠れている彼女を見つけた時からだ。話を聞いて一緒に旅をする事にしたんだ」

お父さんが少し早口で言い切り。話を聞いた三人は、唖然《あぜん》としている。

「「「教会？」」」

うわ〜、皆の声が揃《そろ》った。それに怖い表情だ。問題事には関わらない、教会には近付かないと注意を受けていたもんね。見事に全部破っているよね……ははっ。

「アイビー、ドルイド」

ジナルさんが、怖い笑顔で手招きする。行きたくないです。

「早く来る」

お父さんとジナルさんの前に行く。思いっきり溜め息を吐かれた。

「目の前で困っているし、ソラたちが見つけたし」

「ソラたちが？」

「あぁ、岩穴の中に隠れていたんだ、マジックアイテムで気配まで消して」

ソラたちが見つけた事を言うと、ジナルさんの表情が少し落ち着く。ソラが私たちを害する様な人を教えてくれる事は話してある。

「つまりソラは、マリャさんは大丈夫と判断しているという事か？」

「そういう事だと思う。俺も最初は戸惑ったが、ソラの判断が外れた事はないからな」

ジナルさんの質問にお父さんが答えると、とりあえず納得してくれた。

「それにしても、行く先々で問題を拾っていくな。そういう星の下に生まれてるのか？」

ジナルさんの言葉にお父さんが苦笑して肩を竦《すく》める。お父さんとも話した事がある疑問だ。あまりに多過ぎるので、異常だと。

「マリャさんといったかな？」

ジナルさんに声を掛けられたマリャさんは緊張した面持ちで頷く。少し顔色も悪くなっている。

「俺たちはドルイドとアイビーの知り合いで、風というチームを組んでいる。リーダーのジナルだ。よろしくな」

「よろしく、おねがい、します」

ジナルさんにじっと見られたお姉ちゃんは、言葉を詰まらせながら頭を下げる。

「俺も同じチームのガリットだ。よろしく」

「あっ」

「フィーシェだ。よろしく頼む」

「えっと……よろしく、おね、がいします」

ガリットさんとフィーシェさんにも慌てて頭を下げるお姉ちゃん。

「マリャ、そんなに緊張する事はない。彼らは信用出来る冒険者だ」

お父さんの言葉に、強張《こわば》った表情ながら頷く。

「わかった。うん」

「お姉ちゃん大丈夫だよ。ジナルさんたちは優しいから」

「お姉ちゃん？」

私の言った言葉に、フィーシェさんが不思議そうに言葉を繰り返す。

「あっ、えっと……マリャさんが捜されている可能性を考えて、お父さんの妹という設定になったんです。ほんとうは叔母さんだけど、お姉ちゃんのほうがしっくりくるので、そっちに」

「確かにお姉ちゃんのほうが合ってるな。それより教会から追われる可能性は高いのか？」

ジナルさんが心配そうに私とお父さんを見る。教会というか、貴族なんだけど……。これは何処まで話すべきなんだろう？　お父さんを見ると、少し困った表情。簡単にお姉ちゃんのスキルの事を話せるわけないもんね。

「言いにくい事か？」

フィーシェさんが、お父さんの様子を見て訊いてくる。

「悪い。ちょっと待っててくれ。マリャの気持ちを確認したい」

お父さんの言葉に、ジナルさんたちが頷く。

「そうだな、マリャさんの気持ちも大切だ。ドルイド、俺たちは手助け出来るならするつもりだ。忘れないでくれ」

ジナルさんの言葉に笑みが浮かぶ。

「ジナルさん、ありがとうございます」

「アイビーたちには大きな借りがあるからな」

それこそ気にしなくてもいいのに。お父さんとお姉ちゃんが、離れた場所に移動して話している。お姉ちゃんが、どういう判断をするかわからないけどジナルさんたちを信じてほしいな。

「そういえば、ハタカ村に行った調査隊は問題なかったですか？」

私の質問に三人の笑みが広がる。ん？　何だろう、なぜか背中がヒヤッとしたけど。

「あぁ、問題なく楽しんだよ」

えっと、楽しんだ？　今、楽しんだって言った？　いったい何をしたんだろう。笑みが怖くて聞けない。

「それにしても、ドルイドは本当に変わったよな」

ガリットさんが少し離れた場所で話し込んでいるお父さんを見る。あれ？　ガリットさんたちはお父さんの事を知らなかったよね？　嘘だったの？

「あの、お父さんの事は知らなかった筈ですよね？」

「ん？」

ガリットさんの不思議そうな表情。

「あっ、隠し玉の時代のドルイドについてはある程度は調べてあったよ」

えっ、そうなの？

「名前や功績、あと性格や犯罪歴。ギルマスに邪魔をされて本人には会えなかったが、遠くから見た事はあったんだ」

「出会った頃、ジナルさんがお父さんを知らないみたいだったけど……」

あれは何だったんだろう？

「アイビー、隠し玉の時のドルイドと、今のドルイドは全くの別人だからな」

「えっ？」

「俺たちともあろうものが、気付かなかったんだよ。同一人物だって」

うそっ！　ガリットさんを見ると、情けない表情で肩を竦めた。

「隠し玉だとジナルが気付いた時、俺とフィーシェは一回否定したからな。まぁ、名前は一緒だしよく見たら表情は全く違うが似てるし、それで隠し玉だと気付いたんだよ」

「そこまで違うんですか？　昔のお父さんを知っている人がみんなして、変わった、変わったったって」

昔のお父さんは荒んでいたから、想像はつくけど。気付かないほど変わるものかな？

「まったく違うぞ。俺たちが遠目から確認した時は、仕事ではなかったのに殺伐《さつばつ》とした雰囲気があったからな。そうそう、冷血漢《れいけつかん》と噂されていたな」

ジナルさんの言葉にガリットさんが頷く。

「冷血漢」

心が冷たい人って事だよね？　全然違うな。

「仲間を切る判断をドルイドが請け負っていたんだろうな。切る判断が早かったみたいだし」

ガリットさんが、苦笑を浮かべる。

「とにかく、雰囲気が違う。怖いというか、誰も近づけさせない感じだった。それが今では娘命だからな」

娘命は恥ずかしいな。フィーシェさんがお姉ちゃんと話しているお父さんを見る。

「あっ目つきが違うんだ。昔は吊り上がっていた。こんな風に」

ガリットさんが自分の目を吊り上げて見せる。表情と雰囲気が違ったら、別人に見えるかな？

お父さんと初めて会った時は、そこまで殺伐としていなかった。もしかしたら少し落ち着いた時に出会ったのかもしれないな。

「わかりました。ありがとうございます」

私の言葉に、三人が私を見る。

「驚いてないね。何となくわかってた？」

フィーシェさんの言葉に頷く。

「荒んでいたんだろうなとは、思っていたので」

「そうか。ドルイドは本当にいい出会いをしたんだな」

ジナルさんの言葉にうれしくなる。お父さんもそう感じてくれていれば、うれしい。

「おっ、話し合いが終わったみたいだぞ」

ジナルさんの言葉に、お父さんたちを見る。

「悪い、待たせたな」

「いや、大丈夫だ」

フィーシェさんが答えると、マリャさんが少し表情を和らげる。

「マリャから許可は貰ったんだが、ジナルたちに頼みがある。マリャと契約を交わしてほしい」

「契約？」

「そうだ」

険しい表情になったジナルさんにお父さんが頷く。

「いいんじゃないか？」

ガリットさんが、ジナルさんの肩をポンと叩く。

「はぁ、わかった」

490話　二〇年前の噂

無事に契約を交わすと、お姉ちゃんについてお父さんが話しだした。光のスキルを持っている事。未来視のスキルを持っていた可能性が高い事。その話をお父さんがした瞬間、ジナルさんたちが一斉にお姉ちゃんを見た。

「ひっ」

その視線の強さに、お姉ちゃんが小さく震える。それに慌てて目線を逸《そ》らしたジナルさんたちが小さく謝る。

「いえ、大丈夫です」

「しかし、未来視か。まさか本当にいるとはな」

ジナルさんの言い方に首を傾げる。

「二〇年ぐらい前だったと思うが、王都に住む貴族の間で噂になった事があるんだ。『未来が見える子供がいる』と」

ジナルさんが、ちらりとお姉ちゃんを見ながら言う。二〇年ぐらい前？　たぶんお姉ちゃんの事だ、きっと。

「王都で噂に？」

「あぁ。俺もその噂は聞いた事があるな。でも、その噂自体がすぐに消えたんだけどな」

ガリットさんがお父さんに頷きながら答える。

「未来が見えるというのに、詳細を誰も調べなかったのか？　王家も？」

お父さんの質問にジナルさんたちが苦笑する。

「王都の教会と、あの当時、力を持っていた貴族にケンカを売る様な奴は消されに行く様なものだ。王家もまだ今ほど力がなかったからな」

権力で噂をもみ消したんだ。怖いな。

「昔の噂よりも今だ。確実に貴族の連中はマリャさんを追うだろうな。今は王位継承問題があるし」

ガリットさんの言葉に、呆れた表情でジナルさんが頷く。王位継承問題か。確かにお姉ちゃんが持っている情報は喉から手が出るほどほしいだろうな。

「そっちの問題があるのを忘れていたな。確実にマリャは追われるな」

「あぁ。どんなに金を積んだとしても捜すだろうな。手に入れる為か、殺す為かは不明だが」

お父さんの言葉に、ジナルさんが答えるとお姉ちゃんがぶるっと震えた。それに気付いたジナルさんたちが、バツの悪そうな表情をする。

「悪いな。怖がらせるつもりはないんだが」

ジナルさんが謝るとお姉ちゃんが首を横に振る。

「いえ、自分の事なので」

お姉ちゃんが手をぐっと握って答えると、ジナルさんが微かにほっとした表情を見せた。

「それでドルイドたちはどう動くつもりだ？」

フィーシェさんの質問にお父さんが溜め息を吐く。

「どう動くかと言われてもな。まずは情報が必要だ。教会ももしかしたら、マリャを死んだと思っているかもしれないからな」

「死体が見つかっていない以上、あまり期待出来ないな。それは」

「まぁ、そうだが」

ガリットさんの言葉にお父さんが小さく溜め息を吐く。

「マリャさん、誰か頼れる人はいないか？」

フィーシェさんの言葉に、お姉ちゃんが首を横に振る。

「両親は生きているのかもわからない状態です。……たぶんもういないと思ってます。だから、誰もいません」

「そうか」

お姉ちゃんの返事に、フィーシェさんは頷くとジナルさんたちに目配せをした。何だろう？

「俺たちも同行するよ。かまわないか？」

フィーシェさんの言葉にお父さんが少し驚いた表情をする。

「俺としては助かるが、王都へ向かっていたんだろう？　何か仕事があったのではないのか？」

「仕事？　いや、俺たちは目くらましの為にハタカ村を出てきたからな。既に役目は果たしたし、あとは自由だ」

目くらまし？　何の為の？

「調査隊のか？」

「そうそう」

お父さんの質問に軽い感じで答えるジナルさん。調査隊に対しての目くらまし？　ん？

「ドルイドたちだけが村から出たら、目を付けられる可能性がある。だから複数の冒険者チームや個人の冒険者を村から出発させて……。あぁ、彼らはドルイドたちの事は知らないから安心してくれ。で、最後が俺たち。俺たちは調査隊がハタカ村に着いて、ちょっとやる事をやってから出発。なるべく俺たちが目に付くように出発したから、ドルイドたちの事は気にならないだろう」

「複数の冒険者チームに個人の冒険者？　よく出発してくれたな」

お父さんがジナルさんの言った言葉に首を傾げる。確かに、どんな風に協力を求めたんだろう？

「王子の息の掛かった調査隊に、いい印象を持っていない冒険者は多い。横暴だからな」

ん？

「ドルイドたちが出発したあの日に村に噂が流れたんだよ。ハタカ村の近くに調査隊が待機していると。しかもそれが王子の息の掛かった調査隊の可能性があると」

噂？

「噂は『たまたまハタカ村に来た冒険者が森の中に待機している調査隊を見たらしい』だ。普通は見ただけでは調査隊なのかわかる筈ないんだが、『王子の息の掛かった調査隊の中に知り合いがいて、森で待機している者の中にその知り合いがいたらしい』という、そんな噂がハタカ村であっという間に広がったんだ」

「随分と詳しい内容の噂だな」

お父さんの呆れた表情に、ジナルさんが肩を竦める。

「噂を知った冒険者たちが、関わりたくないと急いで村を出発してもそれはしかたがない事だ。それに、姿を見られたのは調査隊だ。落ち度があるのは調査隊で、村は一切関係ない」

「さすがだな」

「だろ？　本当に、上手くいってくれて良かったよ」

ハタル村でも噂を上手に利用していたけど、噂って怖いな。

「調査隊はまずは俺たちを調べる筈だ。王子の息が掛かっていても、それに屈しない偏屈《へんくつ》な貴族とある程度知り合いだから、彼らに任せておけば時間稼ぎが出来る」

「時間稼ぎというか、彼らの扱いを間違ったら、王子の息が掛かった調査隊でもただでは済まないだろう」

ジナルさんの言葉に追加してガリットさんが教えてくれた。王子に逆らえる人なんていているんだ。それは驚きだな。それにしても、ジナルさんたち楽しそうに話すな。

「ドルイドとアイビーには、なかなかたどり着かないと思うから安心してくれ」

「ありがとうございます」

ジナルさんに向かって頭を下げる。

「というわけで、ハタカ村を出た俺たちは特に仕事もなく自由だ。だから協力するよ」

フィーシェさんが言うと、ジナルさんたちも頷く。

「ありがとう。助かるよ」

お父さんを真似てお姉ちゃんが慌てて頭を下げる。それにしても頼もしい味方が増えたな。シエルはこうなる事が、わかっていたからジナルさんたちを連れてきたのかな？　傍で寝そべっているシエルを見る。ソラたちがうれしそうに、寄り添っている。

「シエル、ありがとう」

シエルに手を伸ばしてそっと頭を撫でると、気持ち良さそうに目を細めた。

「よしっ、すぐに出発しようか」

ジナルさんの言葉にお父さんが首を横に振る。

「何か問題でもあるのか？」

「あぁ、罠を仕掛けたんだ。だから結果が出る明日まではここにいる予定だ」

「「「わな？」」」

普通の冒険者は罠なんて使わないから、聞き慣れない言葉だったみたいだ。

「あぁ、罠か！　何処に？」

ガリットさんが興味津々という表情で、周りを見回す。

「少し離れた場所に仕掛けたが、見てみるか？」

「あぁ、見てみたい」

ガリットさんは、少し興奮した声で答えるとお父さんを見た。それに笑みを広げたお父さんとガリットさんは、すぐに罠を仕掛けた場所に行ってしまった。

「マリャさん」

「はい」

お父さんとガリットさんの後ろ姿を見送っていたジナルさんが、お姉ちゃんに声を掛ける。お姉ちゃんが緊張した面持ちでジナルさんを見た。

「そんなに緊張しないでください。これから一緒に旅をするんです。短い間になるか長くなるかはわかりませんが、よろしくお願いします」

ジナルさんがにこっと笑って、右手を差し出す。それを見たお姉ちゃんが私を見る。

「ジナルさんは大丈夫だよ。私も色々と助けてもらったから」

「俺たちもドルイドとアイビーに助けられたけどな」

私たちが顔を見合わせて笑うと、お姉ちゃんは安心したのかジナルさんが差し出していた右手を握った。

491話　追っ手は犯罪者

朝日が昇り、森が少し明るくなった頃に、枯れ葉の上を走り回る音で目が覚めた。周りを見ると、ジナルさんたちは既に目を覚まして何かを見ていた。起きて視線を追うと、その先ではシエルがなぜか飛び跳ねていた。

「……ドルイド？　あれが罠を使っての狩りか？」

ガリットさんの言葉に、お父さんが苦笑する。ん？　罠？　視線の先のシエルをよく見ると、シエルが野ウサギを威嚇《いかく》して罠に追い込んでいた。どう考えても、罠を使ってする狩りとはちょっと違う。

「おはよう、アイビー。手を出さないように言っておくのを忘れたな」

お父さんの言葉に頷く。

「そうだね。すっかり忘れてた」

それにしても、シエルは楽しそうに野ウサギを追いかけてるね。あれはちょっと可哀そう？　いや、あとで絞めて食べるからこんな感情はおかしいか。

「シエル。もう十分だぞ」

お父さんの言葉に、シエルが尻尾を振ってこちらに帰ってくる。

「ありがとうな。たぶん、どの罠も野ウサギが一杯入っているんだろうな」

「にゃうん」

満足そうなシエルの雰囲気に、見ていた全員から笑い声が漏れた。それに不思議そうな表情のシエル。

「さて、野ウサギの解体だな」

ジナルさんが、座った状態で腕を上に伸ばして体を解す。手伝うよと、ガリットさんも寝ている間に固まった筋《すじ》を伸ばし始めた。お姉ちゃんを見ると、騒がしい中でもまだ寝ている。

「よく、寝ているな」

フィーシェさんがお姉ちゃんの顔を覗き込みながら、感心したように言う。確かに森の中で、こんなに熟睡していたら死ぬよね。

「寝られるようになったんだ」

お父さんの言葉にジナルさんたちが首を傾げる。

「マリャの力が消えたと知った教会の奴らが、夜中に部屋にやってきて暴力を振るったらしい。その恐怖で熟睡出来なくなったと言っていた」

スキルがあったから、最低限だけど人として扱っていた。なのに、そのお姉ちゃんを守るスキルが消えてしまった。わかったその日の夜中から、殴られる事も蹴られる事もあったらしい。岩穴で寝ているお姉ちゃんを見つけたと思ったけど、あれは限界を迎えて倒れていたのかもしれない。

「そうだったのか」

お父さんの説明に、ガリットさんの表情が悲痛に歪む。

「あぁ、だから熟睡出来るのはマリャにとっていい事だと思う。森の中だけどな」

「マリャさんは、村か町で穏やかに生活するのがいいかもしれないな」

フィーシェさんの言葉に、お父さんが頷く。確かに、お姉ちゃんに旅の生活は合わない気がする。

それより、危険が少ない場所で穏やかに過ごしてほしい。

「それは本人が希望すればだな。まずは安全な場所を見つけるほうが重要だ」

ジナルさんの言葉に、ガリットさんが考え込む。

「継承問題がこじれている今、王都に近づけば近づくほど危なくないか？」

確かに、そうだよね。う～、今、王都から離れる？

「貴族が放つ追っ手は何処にいても危険だ。王都に近づいたから危険度が増すという事はないだろう」

ジナルさんの言葉にガリットさんが納得した表情をした。そんなに貴族が雇う人ってすごい人たちなんだ。

「どんな人が追っ手になるんですか？」

「隠密スキルや暗殺スキルなどを持っている者で、冒険者を追われた犯罪者だな」

ジナルさんの言葉に首を傾げる。

「犯罪者？」

犯罪者なのに捕まえないの？

「奴隷が確実なのに、貴族が横やりを入れてその間に逃亡させたり、貴族に買収された看守が逃がしたり」

ここでも貴族。本当に余計な事ばかりしているね、貴族って。

「今の王に代わって、貴族に対する監視が厳しくなったから、随分と減ったけどな」

フィーシェさんが、マジックバッグから何か箱を取り出しながら言う。その箱をガリットさんが受け取って、中を確かめている。

「貴族が使う追っ手は指名手配されている者がほとんどだ。それがわかってはいても、証拠がないから貴族の奴らを問い詰められないんだよな」

ジナルさんが、悔しそうに髪をぐしゃぐしゃにする。寝ぐせでちょっとぼさぼさだったのに、今ではすごい事になってしまっている。その髪の状態を見たフィーシェさんが、溜め息を吐きながらブラシを渡した。

「すごく怖い人たちだという事ですね」

私の言葉に、ジナルさんたちが頷く。

「アイビーは危険を察知したら、とにかく逃げる。これが基本だな」

「わかりました」

私の力では何も出来ないから当然だね。でも、危険を察知か。それが出来るかどうかが心配だけど。

「ジナル、解体しないのか？」

「髪がすごいから、これをある程度直したら行くよ」

「了解」

ガリットさんが、箱を持って罠を仕掛けたほうへ歩き出す。

「私も手伝ってきますね」

「まだ早いから、寝直したらどうだ？」

お父さんが心配そうに私を見る。確かにシエルが野ウサギを追いかける音で目を覚ましたが、かなり早朝の様だ。森の中がどんどんと明るくなってきているが、寝ようと思えば寝られる時間だろう。

「大丈夫。それに目が覚めちゃっているから」

私の言葉に、横で寝そべっていたシエルの耳がしゅんとする。

「シエルのせいじゃないよ。シエルは野ウサギを私たちの為に罠に追い込んでくれたんでしょ？」

「にゃ～うん」

ちょっと元気がない鳴き声。頭を撫でると、ゆっくりと尻尾が揺れた。

「あっ、それならアイビー、頼みがある」

ジナルさんが、ブラシで髪を整えると立ち上がって私の傍まで来た。

「何ですか？」

「出来たらでいいんだが、ちょっと豪華な朝食を頼む」

ジナルさんの言葉にフィーシェさんが、笑う。ちょっと豪華な朝食？　意味がわからず首を傾げてジナルさんを見る。ジナルさんが、ちょっと恥ずかしそうにしながら、

「メシづくりって面倒くさいから、この三人だと質素というかめちゃくちゃというか」

質素？　めちゃくちゃ？

「何を食べているんですか？」

「屋台で購入した物を、そのままマジックバッグに入れているな」

フィーシェさんの言葉に、唖然とする。屋台で購入した物だけ？

「毎日、肉だな」

ジナルさんも答えてくれるが、それは毎日、屋台の肉料理を食べているという事だろうか？　屋台で購入する料理はおいしいが、野菜が少ない。ずっと続けていれば、体調が悪くなるだろう。

「スープとか付けないんですか？」

屋台にもスープがあるから、これも買っているのかな？

「スープは作るが、味は薄いし野菜は硬いし不味いな」

フィーシェさんが嫌そうに言う。料理が得意な人がいないのか。

「それなら野菜たっぷりのスープでも作ります」

「ありがとう。急いで野ウサギを解体してくるよ」

私の返事にうれしそうに笑ったジナルさんが、急いでガリットさんの元へ向かう。

「手伝うよ」

お父さんと一緒に調理をする場所に移動する。

「大きめの鍋でいいか」

「うん。一番大きなお鍋でお願い」

マジックバッグから、スープを作る為に一番大きなお鍋を出してもらう。

「これでいいのか？」

「うん。作り過ぎても、そのままマジックバッグに入れておけばいいし」

お鍋に水を入れて火にかける。お肉は一口大に切って、薬草をもみ込む。臭みが取れておいしくなるので、大切な下ごしらえだ。お湯が沸騰《ふっとう》したらお肉を入れて、煮立たせる。

「お父さん、灰汁《あく》が出てくるから取ってほしい」

「わかった」

灰汁を取り除いてもらっている間に、野菜を一口大に切る。ある程度、灰汁を取り除いたら切った野菜をスープに入れる。野菜がすべて軟らかくなってきたら、味を調えて完成。隠し味に、ここではポン酢と呼ばれている醤油を少し入れた。朝ごはんが出来上がる頃に、ガリットさんたちが戻ってくる。

「いい匂い。やばい。お腹が減った」

その言葉に笑みが浮かぶ。気に入ってくれるといいな。

492話　再び？

「ドルイド」

「何だ？」

私の後ろを歩いているジナルさんの低い声が聞こえた。普段とちょっと違う声だったので気になり後ろを窺うと、なぜかジナルさんが溜め息を吐いていた。

「ここは何処だ？」

「森の奥の……奥の洞窟だろうな。おそらく地図を見てもわからないだろう」

「……そうか。洞窟か」

「あぁ。そうだ洞窟だ」

お父さんの言うとおり洞窟にいる。外は雨が降り始めたので、ちょうど良かった。周りを見てもあまり危険もなさそうだし。

「ドルイド、右の奥に見えるあれって……」

ジナルさんが指差すほうを見る。そこには洞窟内でよく見かける魔物の姿が見えた。今日は、一、二、三、……六匹いる様だ。

「あれはガシュという洞窟の中にいる厄介な魔物だな。狭い空間でも俊敏に動くから、なかなか攻撃は当たらないし、攻撃力も強い。数匹見かけたら、すぐに逃げろと言われているよな。まぁ、ガシュがいる洞窟は森の奥の特殊な洞窟だけだから、普通はあまり姿を見る事がないな」

あれ？　洞窟には大概いるよね？　いなかった時のほうが珍しいんだけど。それに逃げるって何？　逃げた事なんて一度もないけど、あの魔物は大人しいし。

「名前も特徴も知っているから、俺が知りたいのはそれではないがな」

「まぁ、有名な魔物だからな」

有名なんだ。私の認識とかなりずれがあるけど。

「あぁ……どうして伏せをしているんだ？」

「それは、攻撃はしませんよっていう態度なのだろう」

「……そうか」

私の前、シエルの後ろを歩いているガリットさんとフィーシェさんも何処か緊張した面持ちでガシュを見ている。横目でガシュを確認する。いつもどおり、伏せて私たちが通り過ぎるのを待ってくれている。

「ところでドルイド。俺たちは洞窟に入る装備を準備してないんだが。とりあえず、マジックバッグにはあるが……」

洞窟専用の装備の事かな？　旅の途中で何度も洞窟には入るけど、装備はいまだに見た事がないんだよね。あとで見せてもらおう。

「今更出す必要もないだろう。アイビーが持っているのは短剣だけだし、俺は装備すら持っていないからな」

「……そうか」

ジナルさんの声が何となく硬くなる。何か緊張する様な事でもあったかな。歩きながら洞窟内を見回す。いつもどおり、あちこちにきらきらと魔石が埋まっているのがわかる。時々、不思議な色の魔石とか大きな魔石もある。私たちが持っている灯りの光に反射して綺麗なんだよね。

「いや、『そうか』じゃない。おかしいだろ！」

ジナルさんの声が洞窟内にこだまする。

「うわ～、すごい」

お姉ちゃんが、反響した声に楽しそうな声を出す。どうやらお姉ちゃんは、洞窟が初めてのようで入ってから視線がせわしなく動いている。

「マリャ、足元に気を付けて。また転ぶぞ」

ガリットさんが注意をすると、気を付けて歩くようになるが、すぐにまたきょろきょろと洞窟内を見回しだす。その姿に、肩を竦めるガリットさんとフィーシェさん。一緒に旅をする事になると、三人はお姉ちゃんに許可を貰いマリャと呼び捨てで呼ぶようになった。距離が近付いたようで、うれしい。

「ジナル。ここは洞窟内だから、煩《うるさ》くしないほうがいい」

「わかってるが、どう見ても洞窟に入る装備じゃないだろう」

「ジナル」

「何だ？」

ジナルさんが、再度溜め息を吐きながらお父さんを見る。

「強い魔物と一緒にいるから、これで十分なんだよ」

「はっ？　あっ、シエルか？」

シエル？　あっ、そうか。シエルがいないと、洞窟内は安全ではないと教えてもらっていたな。

「あぁ、俺も初めての時は、震えたモノだ」

お父さんが震えた？　ちらりと後ろを見ると視線が合う。

「今は、全然平気だから、安心していいよ」

お父さんの言葉に頷く。いつ、震えていたんだろう？　全く気付かなかったな。様子がいつもと違ったのは、一緒に旅を始めて数日後に入った洞窟かな。なぜかちょっと声が硬かった気がするな。でも、震えてなかったよね？　……震えてなかった……筈。新しい洞窟が楽しくて、ちょっとお父さんの事を気にしてなかったかも。

「しかし、この洞窟の魔石はすごいな」

「そうだな、シエルが案内する洞窟では中レベルだな」

お父さんの言葉に、前を歩いていたガリットさんたちまで驚いた表情で後ろを振り返る。

「これで？」

「あぁ、これで中レベル」

ジナルさんの唖然とした質問にお父さんが簡単に答える。

「随分と慣れているみたいだな」

ジナルさんの言葉に、今度はお父さんが溜め息を吐く。

「そうなんだよ。どんどん目が肥えて……慣れって怖いぞ」

「ぷっぷぷ～」

「てっりゅりゅ～」

「ぺふっ、ぺふっ」

不意にソラたちが何かを見つけたのか、楽しそうに鳴くと壁の一部が崩落して出来た穴の中に飛び込んで行った。

「どうしたの？」

ソラたちの姿を追うと、シエルもその穴に入って行くのが見えた。そのあとをお姉ちゃんとガリットさんたちが続く。

「うわっ」

ガリットさんの驚いた声が聞こえた。

「きゃっ！」

お姉ちゃんの、少し恐怖に震える声。あれ。安全ではなかったのかな？　慌てて穴に入ると、奥に巨大な魔物がいるのがわかった。ただ、奥は明かりが届かずかなり暗く、その姿をはっきりとは確認出来ない。

「どうした？　何だあれ」

巨大な魔物を見る。あれ？

「灯りを」

フィーシェさんが新しい灯りをつけて、魔物に近付く。あの姿って……光に微かに浮かび上がった姿は何処か見覚えがある様な気がする。奥にいた魔物がするすると動き出す。やっぱりそうだ。

「動き出した」

ジナルさんたちが剣を鞘《さや》から出す。お父さんはじっと、動き出した魔物を見ているが、鞘から剣を出してはいない。持ち手に手はしっかり掛かっているけれど。

「サーペントさん？　私が知ってる子かな？」

「「「……えっ？」」」

するすると近付いて来ると、その姿がはっきりと見える。間違いなく巨大な蛇。そしてその真っ黒な体に白い模様は見た事がある。ソラたちがうれしそうに飛び跳ねて、サーペントさんの体に飛び乗る。シエルも尻尾を振っている。

「やっぱりサーペントさんだ。でも、前と一緒の子なのかな？」

私の言葉に首を横に振るサーペントさん。違う子なんだ。にしても、とっても親しそうに近付いて来るけど。

「私の事を知ってるの？」

頷いてすっと顔を近付けてくるので、鼻先をゆっくりと撫でる。この時、ちょっと力を込めて撫でると喜んでくれる。

「知ってるんだ。仲間から交信とかあったりするの？」

それはないか。顔を上げたサーペントさんが頷く。……交信あるの？

「すごいね。お父さんは知ってた？」

「いや、知らなかった。前の子とは違うなら初めましてだな。よろしくな」

お父さんがサーペントさんに近付いて、鼻先を撫でる。それに気持ち良さそうな表情を見せるサーペントさん。

「ジナル。それは仕舞って大丈夫だぞ」

お父さんはジナルさんたちが握っている、鞘から抜き出した剣を指す。

「あぁ、そうみたいだな。それよりサーペントは魔物だよな？」

「当然だろ？　大丈夫か？」

「……大丈夫ではない、疲れた」

ジナルさんの言葉に、彼を見る。確かに洞窟に入っただけなのに、かなり疲れた表情をしている気がする。

「確かに、かなり疲れた顔をしているな。まぁ、ガシュの事もサーペントの事も慣れだ」

お父さんの言葉に、ジナルさんたちが苦笑する。慣れ？

「ぷっぷぷ～」

ソラの楽しそうな声に視線を向けると、サーペントさんの上を滑るソラの姿。続いてフレム、ソル。少し遅れて、シエル。シエルは、いつの間にスライムになったんだろう？

「ごめんね。ソラたちが色々と」

私の言葉に、ちらりと後ろを見たサーペントさん。特に気にした風もなく、顔を私に近付ける。これは撫でてという事かな？　手を伸ばして顔全体を撫でると、目を細めて口からチロチロと舌が見える。……可愛い舌だな。

493話　ガリットさんのスキル

「まだ、降ってたよ」

フィーシェさんの言葉にジナルさんがうんざりした表情をする。じめじめした湿気が苦手らしい。

洞窟に入って二日目。雨が止まない為、足止めを食らっている。

「明日には止むかな？」

ガリットさんが、地図を見ながらつぶやく。それにお父さんが肩を竦めた。

「ぷっぷぷ～」

サーペントさんと機嫌よく遊ぶソラたち。出会ってから、ずっと楽しそうだ。

「まぁ、ソラたちの気分転換とマリャの休憩にちょうどいいだろう。マリャはかなり疲れ切っていたからな」

お父さんの視線の先には、寝ているお姉ちゃんの姿。毎日限界まで歩いていたので、この二日間はいい休憩になっている。

「それで、これはどうするんだ？」

ジナルさんが指す方向を見ると、五〇個近くの魔石が山積みになっている。それは、サーペントさんが私たちにプレゼントしてくれた物だ。

「この透明度、どう見ても四もしくは三だろうな」

ジナルさんが一つを持って、焚火の火で確かめる。

「こんなのを一ヶ所で売りに出したらすごい事になりそうだな」

フィーシェさんが楽しそうに話す。確かに、レベルの高い魔石を五〇個も一気に売りに出したら、かなりの騒ぎになるだろうな。

「そうだな。とりあえずギルマスの部屋に呼ばれて、何処で採れたのか聞かれて洞窟だと話すと場所と洞窟内の状態、村からの洞窟までの時間などをしつこく何度も確認されて、最後には案内をする事になるんだろうな。この洞窟まで」

ジナルさんが嫌そうな表情で話す。なるほど、それはかなり面倒くさいだろうな。というか、ここにはシエルの案内がないと来られないと思う。

「ジナルの言うとおりになるだろうな。そういえばガリット、この場所はどの辺りなんだ？」

フィーシェさんの言葉に首を傾げる。なぜ、それをガリットさんに訊くんだろう？

「アイビー、ガリットは方向感覚スキル持ちなんだよ」

ジナルさんが、私が疑問に思った事に気付いたのか説明してくれたが、方向感覚スキルがわからない。

「聞いた事はないか？」

ジナルさんの質問に頷く。

「そうか。方向感覚スキルは自分の足で歩いた場所は、地図を見ればその場所が何処か大体わかるんだよ」

いいな。そのスキルがあったら、絶対に迷子にならなくても済むよね。ガリットさんを見ると、ちょっとばつの悪い顔をしている。

「どうしたんだ？」

フィーシェさんの質問に、肩を竦めるガリットさん。

「悪いんだが、ここが何処なのかわからない。何度も道順を思い出して、地図を見てるんだがさっぱりだ。こんな事は初めてだよ」

ガリットさんの答えに、ジナルさんとフィーシェさんが驚く。

「地図を見ていたから、何処か教えてくれるのかと思ったんだが……」

ジナルさんの言葉に首を横に振るガリットさん。

「歩いた道ははっきりと思い出せる。どちらの方角に曲がったか、何度曲がったか、森の中でも方向感覚はしっかりしていた。なのに、地図を見てもここの場所が特定出来ないんだ」

ガリットさんが溜め息を吐く。冒険者の人たちは、自分が何処にいるのかわからないと不安になるという。お父さんも最初の頃はそうだった。ガリットさんを見ると、まだ地図を睨みつけている。

もしかしたら、不安を覚えているのかも。

「あの、シエルに大体の場所を聞きますか？」

私の言葉に三人が不思議そうな表情をする。それを見たお父さんが、小さく噴き出す。

「ドルイド？」

噴き出したお父さんにジナルさんが首を傾げる。

「悪い、三人が同じ反応をするからおもしろくて」

確かに、三人とも「きょとん」みたいな同じ表情だった。何だか可愛らしいな。

「はぁ、まぁいいけどな。で、シエルに聞くというのは、どういう事だ？」

ジナルさんが呆れた表情でお父さんと私を見る。

「シエルは地図を読めるんだよ。訊けば、おおよその場所がわかる筈だ」

お父さんと私が地図を見ながら歩いていると、一緒に眺めるようになり、いつしか地図を理解してしまった。本当に頭がいい。

「地図が読める？」

お父さんの説明に、ガリットさんが確認をする。それにお父さんと私が頷く。ジナルさんたちが、サーペントさんの傍で寝ているシエルを見る。さっきまで遊んでいたが、いつの間にかみんな寝てしまっていた。

「どうしますか？　聞きますか？」

「えっ！　あぁ、頼もうかな……うん。地図が読める魔物!?」

ガリットさんが、ぶつぶつ何かを言いながら頷く。声が小さ過ぎてよく聞こえないが、何を言っているんだろう。大丈夫かな？

「アイビー、気にしなくても大丈夫だ。驚いているだけだから」

ジナルさんの言葉にガリットさんを見る。

「驚いているだけなんですか？」

ちょっと怖いけど。

「方向感覚スキルは、旅をする冒険者には重宝されるスキルなんだ。自分たちだけの洞窟を持つ事だって出来るからな」

自分たちだけの洞窟？

「村や町の近く、もしくは村道の近くの洞窟は多くの冒険者たちに知られている。だが、森の奥にある洞窟はあまり知られていない。その原因は、森の奥に行けば行くほど方向感覚が狂うからだ」

えっ、そうなの？　驚いてお父さんを見ると、お父さんは私の反応を見て驚いていた。

「知らなかったのか?」

「うん。冒険者は、知っているのが当たり前の事なの?」

「あぁ。知っているモノだと思っていたよ。悪い」

私は首を横に振る。ジナルさんたちも驚いていたが、話の続きを促す。

「えっと。方向感覚が狂うから、森の奥に入った者たちはよく迷子になる。紐で印を付けるのは、方向感覚が狂っても帰って来られるようにだ。だが、方向感覚が狂わない者がチーム内にいたらどうなる?」

木に紐を結んで迷子を予防する事は知っている。私も何度もそれに助けられた。

「森で迷子にならない?」

「そう。森の奥に入り込んでも大丈夫なら、偶然見つけた洞窟に再度たどり着く事が出来る。その洞窟に、かなり金になるモノがあったら?」

それは、かなりすごい事だよね。森の中で偶然見つけた洞窟には、二度とたどり着けないと言われている。どんなに印を残しても、目印を覚えても、なぜか無理なのだそうだ。だから、見つけた洞窟に宝があるなら、持てるだけ持って帰るというのが冒険者たちの常識だ。

「だからこのスキルを持っている者は隠す。狙われる事が多いからな」

隠す?

「私に話して良かったんですか?」

「あぁ、問題ないだろう。ガリットだって止めなかったし」

いいのかな？

「それにしても、アイビーのテイムしている魔物たちの能力には驚かされるな」

ジナルさんがサーペントさんたちと一緒に寝ているソラたちを見る。

「ぎゃっ！」

鳴き声と同時につんと肘《ひじ》を引っ張られる。視線を向けると、トロンが私の服を引っ張っていた。幹がほんの少し太くなると、葉っぱをつけていない枝が一本生えた。今の姿は根っこが少し伸びて歩きやすそうになり、葉っぱは三枚。元々あった二枚の葉っぱは少し成長して若い緑から少し深い緑に変わった。そして、幹にある目から少し下がった所に、私の服を引っ張っている枝がある。

「どうしたの？」

「ぎゃっ！」

服を離した枝が幹の部分をポンと叩く。

「お腹が空いたの？　ちょっと早い様な気がするけど……まぁ大丈夫かな。待ってて、すぐに準備するね」

トロンの食事を用意する為に、ポーションが入っているマジックバッグの下へ行く。中から紫のポーションを取り出し、専用に準備したコップを出す。中に紫のポーションを入れて、トロンの場所まで戻るとフィーシェさんがトロンの傍に寄ってじっと見ていた。

「どうしたんですか？　はい、トロン。どうぞ」

「ぎゃっ！」

コップをトロンの前に置くと、中に入りじっとするトロン。根っこからポーションを吸収中。葉っぱが傷つかないようにそっと撫でると、三枚の葉っぱがプルプルと震えた。

「はぁ、すごいよな」

フィーシェさんが、トロンと私を交互に見る。それに首を傾げる。

「木の魔物が人の傍にいて、攻撃しないなんてな」

森の中では、木の魔物はかなり要注意だからね。私も一度、木の魔物のせいで死にかけたし。そう考えると、トロンとトロンをくれた木の魔物は不思議な存在だよね。

494話　噂の調査

三日目に雨が止み、洞窟から脱出。

「せっかくシエルに場所を訊いたんだが……」

ガリットさんのちょっと残念そうな声が聞こえる。まぁ、しかたないよね。だって、今はサーペントさんの上に乗って移動中だから。雨が止んで、ハタハ村に出発しようとしたら、サーペントさんがほぼ同じ大きさのサーペントさん二匹を紹介してくれて、ハタハ村まで乗せてくれる事になったのだ。ジナルさんたちは、今までで一番おもしろい表情をしてくれた。お姉ちゃんはこの二日間でサーペントさんとかなり仲良くなっていたので、乗れると聞いて喜んでいた。

「お父さん、これがまた噂になったりして」

私の後ろに乗っているお父さんに笑って聞くと、苦笑される。

「ありえるな。今度は何だろうな？」

前の時はなぜか新種の魔物が現れたとか噂になったよね。でも前の時よりサーペントさんの数は少ないし……それほど噂にはならないかな。

「何の話だ？」

右隣にいるガリットさんの後ろに乗っているフィーシェさんが、不思議そうに訊いてくる。もしかしたら、彼らもあの噂を知っているかもしれないな。

「以前ですが、今回のようにサーペントさんたちと森を移動した事があるんです。そうしたらサーペントの大移動という噂になっちゃって……」

私が説明すると、なぜかジナルさんたちが黙ってしまった。どうしたんだろうと、左右を見る。右隣にガリットさんとフィーシェさんを乗せたサーペントさんが移動し、左隣をお姉ちゃんとジナルさんを乗せたサーペントさんが移動している。

「あの？」

「ぷっ、あははは。あの噂、あははは」

いきなり笑い出したガリットさんに、びくりと体が震える。その声が少し大きかったので、森の小動物が驚いて走って逃げて行くのが見えた。

「ガリットさん？」

「ぷぷぷっ。あの噂の真相を調べる任務に、俺たちが指名されたんだよ」

「「えっ！」」

お父さんと私の驚いた声が重なる。確か調査が入った様な事は聞いたけど、ジナルさんたちが調べたの？

「あの噂の原因がお前たち？」

疲れた表情で、ジナルさんがお父さんと私を指差す。

「指を差しては駄目ですよ」

ジナルさんの前に座るお姉ちゃんが、ジナルさんの指をそっと下ろさせる。それにちょっと困った表情をしたジナルさん。

「悪い。ははっ、本当にあの噂の原因はドルイドたちなのか？」

「まぁ、そうなるな」

お父さんが苦笑しながら認めると、ジナルさんたちが溜め息を吐いた。何だか、すごく迷惑を掛けてしまったようで申し訳ないです。

「サーペントの大移動なんて聞いた事はなかったから、王都でもかなり噂になったんだよ。それで、何かの予兆の可能性もあるとして、俺たちに指名依頼が来たってわけ。それが調べても原因がわからないし、でも確かにサーペントたちが大量に移動した痕跡は見つかるし……まさか、ただの……」

ジナルさんが恨みがましい表情でお父さんと私を見る。

「あ〜、ただの俺たちの手伝いだな。確か送ってくれたあと、元の場所に戻った筈だ」

「あぁ。そのとおり、それも何か意味があるのかと時間を掛けて調べた。すべて原因不明。継続調査中だ」

うわ〜。まだ調査が継続されているんだ。

「あっ、今回の移動は三匹だけだから冒険者に見られてたら、前の事と関連づけて調べる事になったりして」

私の言葉に、ジナルさんたちの表情が引きつる。あっ、本当にある話なのかも。周りの気配をずっと探っているが、とりあえず人の気配はない……筈。前の時も注意していたのに、見られていたからあてにならないんだよね。

「まぁ、調べてもどうせまた原因不明だから……まさか」

フィーシェさんが、唖然とした表情で私と私が肩から提げているバッグを見る。そして、私の乗っているサーペントさんの隣を気持ち良さそうに走っているシエルを見る。何？　ちょっと不安に思ってフィーシェさんを見つめる。

「もう一つ、王都で警戒している噂があるんだ」

フィーシェさんがお父さんを見る。お父さんが首を傾げる。

「『森の奥から王都に向かって巨大な魔力が近づいているらしい』と。俺たちではないが調べた上位冒険者の話では、確かに王都に向かって森の奥、調査が出来ない場所で移動をしていると」

え〜っと。確かに移動中は、シエルに案内されて森の奥、それもかなり奥に入っている事が多いかな。その時は、魔物に襲われないようにシエルが魔力を解放しているね。シエルが魔力を解放しておかないと、魔物が押し寄せてくるから。

「くくっ。それはきっと俺たちだな。悪い、くくっ」

お父さんが、口を押さえながら答えるが肩が震えている。

「この噂を調べたの、俺たちの弟子なんだよ」

ジナルさんの言葉にお父さんの肩が激しく揺れる。私もちょっと笑ってしまった。申し訳ないです。不意にサーペントさんが、おかしな動きをした。それも三匹同時。ジナルさんたちが周りを警戒するが、特に何もない。

「何だ？」

ガリットさんが、乗っているサーペントさんの頭を撫でる。

「もしかして笑ってたりして」

私の言葉に、サーペントさんがまたおかしな動きをする。あれ？　本当に笑ったの？

「サーペントたちにもおもしろい話だったみたいだな」

お父さんの言葉に反応したのか、乗っているサーペントさんの顔が上がり少し後ろに乗っている私たちを見る。それでも移動する速さが変わらないので、前も思ったけど少し怖い。サーペントさんは、私の両隣のジナルさんたちを見てくっと口を動かした。

「サーペントに笑われた」

ガリットさんが何とも言えない表情をした。三匹がまた笑ったのか、体が少し左右に揺れる。

「サーペントは、俺たちが勉強したよりはるかに頭がいいな」

ジナルさんが感心したように三匹を見ている。確かに本に載っていた情報より、はるかに人の言葉を理解している。そしてしっかりと対応してくれる。

「可愛いですよね」

私の言葉にジナルさんたちの眉間に皺《しわ》が寄る。何でだろう。この考えにだけは誰も賛同してくれない。可愛いのに。

「うん。最初は怖いけど、可愛いよね」

「そうだよね！」

お姉ちゃんがいた！　良かった。これで私だけの感性じゃないと、お父さんもわかった筈。

「俺にはわからん」

お父さんが、首を横に振っている。何でわからないかな？

「あれは村道か？」

お父さんの言葉にサーペントさんたちが少しゆっくりな移動になる。ジナルさんが、お父さんが指したほうをじっと見る。

「そうだな。もう少しゆっくり走れるか？」

ジナルさんの言葉に、サーペントさんたちはぐっと速度を抑えてくれた。

「ありがとう。どの辺りになるのかな？」

私の言葉にガリットさんが首を横に振る。

「移動が速かったから、スキルが全く役に立たなかった」

ガリットさんが苦笑を漏らすと、シエルがそっとガリットさんに近付く。どうやら心配している様だ。

「ん？　もう大丈夫だ。上には上がいるとわかったからな。もっと鍛えるよ」

ガリットさんは努力家なんだな。

「あの岩があるって事は……あと少しでハタハ村だ」

フィーシェさんが、ある大きな岩を指す。その方向には、青い色をした大きな岩。

「すごい珍しい岩ですね。色が付いてる」

サーペントさんがその岩に近付いてくれる。間近で見ても、かなり不思議な色。

「この色の岩は、ここにあるこの岩だけらしい」

後ろからお父さんが説明してくれる。

「そうなんだ。青色でソラみたいだよね」

「ソラはもっと綺麗な色だと思うけどな」

お父さんの言葉に笑みが浮かぶ。確かに、ソラは綺麗だからね。

495話　追っ手はしつこそう

「それにしても、ハタハ村にこんなに早く着くとはな」

ガリットさんが青い岩を見ながら感心したように言う。彼の予想では、洞窟からハタハ村まで八日ほど掛かると言っていたのに、実際には八時間ほどだった。

「洞窟の中を通ってきたからだろうな」

フィーシェさんが、サーペントさんから降りて頭を撫でる。それにすりっと顔をこすり付けるサーペントさん。サーペントさんに乗って移動する事になった時は、かなり緊張をしていたけど今は大丈夫みたい。

「マリヤ、手をこっちへ」

ジナルさんを見ると、サーペントさんがお姉ちゃんを降ろしていた。

「ありがとうございます」

降ろしてもらったお姉ちゃんは、少しふらついたが歩いている時よりも元気そうだ。二日間ゆっくり休憩出来たのもいいのだろう。顔色もいい。

お父さんがサーペントさんから降りると、私をさっと抱えて降ろしてくれた。自分で降りられるけどね。

「ありがとう」

「……悪い。アイビーは自分で降りられたな」

「ふふっ、楽が出来たからいいよ」

サーペントさんから滑り降りるのも楽しいけどね。それは、洞窟で存分に楽しんだので満足してます。

サーペントさんの鼻の部分をゆっくりと撫でる。気持ちいいのか、うっとりとしているサーペントさんが可愛い。

「また会おうね。この近くに来た時は、会いに行くね」

シエルにお世話になるだろうけど、お願いしよう。サーペントさんたちが、森の奥へゆっくりと帰って行く。少し離れたところで振り返ったサーペントさんたちに手を振って見送る。やっぱり可愛いな。

「はぁ、すごい経験だったな」

ジナルさんの言葉にフィーシェさんが頷く。

「あぁ。それに想像以上の乗り心地だったよな」

確かに、揺れも少ないしふわっと浮いてスーという感じで移動した。すごく快適だったな。

「この場所はここだな」

ガリットさんが地図を広げて、ハタハ村と青い岩の場所を教えてくれた。地図上では、ほんの少し歩くだけでハタハ村へ着けそうだ。

「このまま全員で村に行くのはやめたほうがいいんだけど、どうする？」

ジナルさんの言葉に、首を傾げる。

「どうしてですか？」

村に行って情報を集めるのだと思っていた。あと、お姉ちゃんの物を色々と買いたい。

「追っ手が手ぐすねを引いて待っている可能性が高いからだ」

フィーシェさんの言葉に首を傾げる。追っ手が？

「マリャは、旅の準備をせずに逃げたんだろう？」

ジナルさんの質問にお姉ちゃんが頷く。

「その情報は、おそらく貴族どもに流れている筈だ。だからまず追っ手は、ハタル村周辺を捜索した筈だ。マリャの死体を探す為に」

ジナルさんの死体という言葉に、お姉ちゃんが一瞬体を揺らす。でも確かに、ずっと監禁に近い状態だったお姉ちゃんが森に詳しいわけがないので、既に死んでいると思われてもしかたないのだろう。

「死体がなく、死んだ痕跡も見つからない。そうなると、協力者がいた可能性を考えるだろうな」

フィーシェさんの言葉に頷く。教会から逃げる時も、ビスさんが協力している。他にも協力者がいて、森の外で待機していたと考えるのは当然かもしれない。

「追っ手は、マリャが逃げる前後に村から出ていった者がいるか調べるだろう」

協力者が誰なのか特定する為だよね。あれ？　お父さんと私も調べられてる可能性があるのかな？

「だが、マリャに協力者はいない。もし、それらしい者を見つけたとしても調べればすぐに無関係だとわかる筈だ。次に追っ手が考えるのは、たまたま冒険者に保護された可能性」

ジナルさんの言葉に、お姉ちゃんが私とお父さんを見る。今回がそうだからね。それはそうと、追っ手はそこまで考えを巡らせるんだ。これから気を付けないとな。

「保護した側から考えると、森を歩く装備が整っていないマリャの存在はかなり危険だ」

ジナルさんの言葉に、お姉ちゃんが自分の姿を見下ろして首を傾げている。

「森の中ではゆっくり歩くだけで、弱っていると思われて魔物に襲われやすくなるからな」

お父さんの言葉に、お姉ちゃんが驚いた表情をしてジナルさんたちは頷いた。

「今のマリャが長く歩けない原因は体力の事もあるが、靴も原因の一つだろう。それは、逃げた時に履いていた靴か？」

ジナルさんの言葉に頷くお姉ちゃん。今お姉ちゃんが履いている靴は、底がとっても薄い。底の薄い靴は森の凸凹した衝撃などを受け止められず、疲れやすく足を痛めてしまう事も多い。

「保護した者たちが、旅の危険を減らす為に靴だけでも買おうとするのは当然だ。だが追っ手もそう考えるだろうから、ハタハ村、ハタル村の隣の村。ハタカ村とハタハ村には追っ手が確実にいる」

そうなると、ハタハ村でお姉ちゃんの準備を整えるのは無理かな？　ジナルさんが言うとおり、靴だけでも森を歩ける種類に替えたかったんだけど。靴屋には、追っ手が待ち構えていそうだな。

「ドルイドは、どうする予定だったんだ？」

ジナルさんがお父さんに訊く。

「俺だけで、村へ行くつもりにしていた。マリャの旅の準備は、追っ手と思われる者たちの様子を窺ってから考えるつもりだった」

そうだったんだ。

「まぁ、そうなるか。マリャは絶対に連れていけないし、だからといってマリャだけを森に置いておけないしな」

お姉ちゃんが一人で森にいたら、襲ってくださいと言っている様なものだよね。ハタル村から逃げた時は、ビスさんが魔物除けを大量に持たせた様だけど、私たちが見つけた時は既に使い切っていたし。大体、ハタル村にはその魔物除けが効かない魔物がいた。

「マリャを一人にしない為には、俺たちかドルイドたちが森に残る事になる。この場合は、俺たちだけのほうが目立たないだろう。お前たちは、間違いなくハタル村で名前と容姿が追っ手たちに知られている筈だ」

お姉ちゃんが逃げたあとに村を出発したもんね。

「そうだな。頼めるか？」

お父さんの言葉にジナルさんたちが頷く。

「もちろんだ」

迷惑を掛ける事になっちゃったな。

「とりあえずこれからの予定だが、俺たちは村での噂と冒険者が持っている情報を聞き出してくる。

飲み屋でも回れば王都の噂も拾えるだろう。まぁ、これには運が必要になるが」

ジナルさんの言葉にフィーシェさんが、ちょっとうれしそうな表情になる。きっとお酒が飲めるからだろうな。ガリットさんには、呆れた表情を向けられているけれど。

「明日には一度森に出てくるが、何処かで待ち合わせをしようか。ガリット、何処かいい場所はあるか？」

ジナルさんがガリットさんを見ると、ガリットさんが地図を広げてある場所を指した。

「この洞窟は、レベルの低い魔石しか採れないから不人気なんだ。ここでどうだ？」

地図で確認すると、村からそれほど離れていない洞窟の様だ。不人気なら人目にもつかないだろう。

「問題なさそうだな」

お父さんの言葉に、頷く。

「そうと決まれば、すぐにハタハ村に行くか」

ジナルさんの言葉にガリットさんが慌てて止める。

「もしもの時にドルイドたちの居場所がわからなかったら、助けられないだろう。どの辺りに今日はいる事になりそうだ？」

ガリットさんの質問にお父さんが地図を見るが、眉間に皺が寄る。

「悪いが地図を見ただけでは判断出来ない」

それはそうだろうな。ソラにお願いしてみようかな。

「お父さん、ソラにお願いしてみる？」

ソラだったら、今の私たちに一番最適な場所に案内してくれそうだし。

「そうだな、お願いしてみるか」

496話　気付かなかったな

「どういう事だ？」

ジナルさんが、私たちの会話に首を傾げている。肩から提げたバッグを開けて、中を見るとソラと視線が合った。どうやら会話を聞いていた様だ。

「ソラは、洞窟や岩穴を見つけるのが得意なんだ。人目に付かない場所も探してくれるだろう」

お父さんがバッグから飛び出したソラを見る。

「ソラ、悪いが協力してくれ」

「ぷっぷぷ〜」

お父さんの言葉にうれしそうに鳴くソラ。かなり機嫌が良さそうなので、きっといい場所を探してくれる筈。

「ソラ、私とお父さん、お姉ちゃんが身を隠せる場所を探してくれる？」

バッグの中で話は聞いていた様だけど、ちゃんと目を見てお願いしないとね。

「ぷっぷぷ〜」

ソラはやっぱりうれしそうに鳴くと、周りを見回す。そしてすぐに、移動し始めた。

「行くか。ジナルたちも来るか？」

お父さんが、ジナルさんたちを見ると、なぜか溜め息を吐いたジナルさん。

「ソラ……あぁ、いや、何でもない。アイビーのテイムしたスライムだからな。うん。そういう事だって出来るか」

ジナルさんが、ソラを見て私を見て頷いた。何だろう、これは喜んでいいんだろうか？

「ソラは普通のスライムとまったく違うな」

ガリットさんの言葉に、お父さんと一緒に苦笑してしまった。全くもってそのとおり。

「ぷっぷ～」

ソラの鳴き声に視線を向けると。同じ場所で飛び跳ねているソラが見えた。もう見つけられたのかな？　早いな。

「ソラ、見つけたの？」

「ぷっぷぷ～」

蔦《つた》が絡んでいる大きな岩。よく見ると、岩の中が空洞になっていた。が、蔦が岩全体に絡んでいて入れない。

「蔦を切るしかないな」

お父さんが小型のナイフを取り出して、蔦を切っていく。パラパラと蔦が落ちて行くと、広い空洞が現れた。

「おぉ、すごいな。ちょっと中を見てくるな」

ジナルさんが、楽しそうに穴の中に入って行く。しばらくすると出てきて、問題ないと教えてくれた。

「ガリット、この場所は大丈夫か？」

ジナルさんの言葉にガリットさんが頷く。

「大丈夫だ。場所は把握出来た」

「そうか。さて、俺たちはハタハ村でちょっと遊んできますか」

遊ぶ？　飲み屋に行く事かな？　それにしては、ジナルさんたちの表情がちょっと気になるな。何というか、何かを企んでいる様な……噂話を集めてくるだけだよね？

「行ってくるな～」

ジナルさんたちが手を振るので、つられて振ってしまう。

「どうした？」

私の表情を見て不思議そうな顔をするお父さん。そんなに表情に出てたかな？

「ジナルさんたちの表情が気になって」

私の言葉に頷くお父さん。やっぱりお父さんも何か感じたんだ。

「たぶん王都の情報を仕入れるのに、何かするんだろう」

王都の情報って、運が良ければって言ってたよね？

「アイビーも気付いているだろう？」

「ジナルさんたちが、普通の冒険者じゃないという事？」

私の言葉に無言で頷くお父さん。それは、調査員以外にも何かあるという事だよね。じっとお父さんを見ると肩を竦めた。……深入りはしないという事かな。

「さて、今日の寝床を整えるか」

不思議そうに私とお父さんを見ていたお姉ちゃんと一緒に岩穴に入る。中は広く、シエルもそのまま横になれそうだ。

「まずは寝床を作るか」

お父さんの言葉に、マジックバッグから必要な物を取り出していく。最初の頃は手伝いが必要だったお姉ちゃんも、今では一人で寝床の準備が出来る。体力はまだないが、旅にはかなり慣れてくれた。

「よしっ。夕飯を作るか」

夕飯を作る為の火をおこす。周りに落ちている枝を拾うが、岩穴の周辺にはあまり落ちていない様だ。

「マリヤ、シエルと一緒にここにいてくれ。枝を見つけてくる」

お父さんの言葉に、火の番をしていたお姉ちゃんが頷く。

「わかった。火が消えないようにがんばるね」

「急いで拾ってくるね。シエル、お姉ちゃんをよろしく。ソラたちはどうする？」

「にゃうん」

「ぷっぷ～」

「てっりゅ～」

「ぺふっ」

シエルは了解という事だね。えっとソラとフレムは……一緒に来るのかな？　あっ、ソルは火の番だね。そんなに寒くないのにな。

「マリヤ、行ってくる。近くにいるから、何かあったら叫んでくれ。まぁ、シエルがいるから大丈夫だろうけどな」

「にゃうん」

お父さんの言葉にうれしそうに尻尾を揺らすシエル。頭を撫でると、グルグルと喉が鳴った。

「行ってきます」

お姉ちゃんとシエルに手を振ってから、枝が落ちている所を探す。

「この辺りの枝なら乾燥しているから良さそうだな」

お父さんの言葉に頷いて、枝を拾ってはマジックバッグに入れていく。いつまでこの岩穴にいるのかわからないけど、明日はまだこの岩穴にいるだろうな。明日の分も、一緒に拾っていこう。

「アイビー。ジナルたちから俺の話を聞いたんだろ？」

お父さんの話？

「昔のお父さんの様子だったら聞いたよ」

「……そうか」

ん？　お父さんの声が緊張してる？　視線をお父さんに向けると、色々な感情が入り交じった表情をしている。

「どうしたの？」

「どう思った？」

……それは、昔のお父さんを知ってという事かな？

「別に何も思わなかったけど」

「えっ？　その、酷い奴だとか……」

酷い奴？　あぁ、そういえば仲間を切り捨てるのが異様に早かったから冷血漢と言われていたとか言っていたな。

「思わなかったよ。冒険者の仕事は、残酷な判断をしなければならない事があると知っているし。その時お父さんが取った対応は、最良だったんじゃないかと思ってる」

確かに仲間を切り捨てたのかもしれない。でも、それは多くの人を守る為だったのではないかと思っている。もしくは、何か事情があった。だって、あの師匠さんが見守っているんだよ？　間違った事はさせないと思う。

「……そうでもないぞ。もっと考えれば他の方法もあった筈だ」

お父さんの顔に後悔が浮かぶ。お父さんがそう言うという事は、他にも方法があったんだろうな。でも、その方法が成功したかどうかは、誰にもわからない。

「そうかもしれない。でも、他の方法を採ったら失敗した可能性だってあるでしょ？」

「それは……その可能性があるのか……」

ほらっ。だったらお父さんの判断は間違いじゃない。

「お父さんが意味もなく人を切り捨てたら、師匠さんが黙ってないと思うけど……」

師匠さんだけではなく、ゴトスさんも。

「確かにそうだな。馬鹿な事をしそうになったら、なぜかいつも師匠が傍にいるんだよ。で、嫌味は言ってくるし、揶揄《からか》ってもくるしで、ものすごくイラついて、それを師匠にぶつけて……」

師匠さんらしいな。きっと抑え込まれている怒りをわざと煽《あお》って、自分にぶつけさせていたんだろうな。ゴトスさんがギルマスになってからは、怒りをぶつけてもいい仕事とかお父さんにさせてそう。

「そういえば、お父さんが育てた冒険者たちが話していたよね。お父さんの活躍で多くの人の命が守られたって。わかっている人はわかっていると思うよ」

お父さんと初めて出会った時に、お父さんを心から心配していた三人の若い冒険者たち。冒険者になりたての時に出会って、基礎を叩き込まれたと言っていた。お父さんの教えで、何度も命が助かったとうれしそうに話していたのを思い出す。その彼らが言っていた、お父さんはすごい冒険者なんだと。お父さんのお陰で多くの人が救われたと。

「彼らは……俺の勝手な後悔に付き合わされたんだよ」

後悔？　お父さんを見る。

「助けられなかった彼らに雰囲気が似ていたから助けたんだ。自己満足だよ」

お父さんの言う彼らが誰なのかはわからないけど、どれだけ悲しんだのかは今のお父さんを見てもわかる。

「最初はそうかもしれないけど、死んでほしくないから、基礎を叩き込んだんでしょ？」

「まぁな。あいつらは無茶苦茶だったから。だから徹底的に師匠から教えてもらった基礎を叩き込んだ」

「きっかけはお父さんの自己満足なのかもしれない、でも結果的に彼らの命を守ったんだよ」

私がそう言うと、なぜがホッとした表情をするお父さん。いったい、何がそんなに心配なんだろう？

「昔のお父さんの事を知られたくなかったの？」

どんな噂を聞いたって、私の中でお父さんは優しい人という印象は変わらないんだけどな。

「悪い。試す様な事して……」

何となく、途中でそうなのかなとは思った。気付かなかったけど、不安をかなり溜め込んでいるのかな？

「私の中でお父さんは、優しくてかっこいいんだよ」

「かっこいいか？　かなりみっともない姿を見せていると思うが」

「いや、かっこいいよ。そして、不器用過ぎる！」

私の言葉に、驚いた表情をしたお父さん。何でもかんでも抱え込み過ぎなんだから。

497話　大好きなお父さん

「はぁ」

お父さんから溜め息が聞こえる。枝を拾いながら、様子を見るとどうも落ち込んでいる様子。それを見て少し笑ってしまう。

「どうしてそんなに気にするの？」

昔の事なのに。

「それは……俺に大切な人が出来たからだろうな」

ん？　お父さんを見ると私を見ている。

「俺が今まで切り捨ててきた者たちも、誰かの大切な人だったなと思って……。知ってはいたけど、わかってはいなかった。そう思ったら、もっと方法があったんじゃないかと考えてしまって……。簡単に人を切り捨てていた俺を知られるのが、怖くなったんだ」

お父さんの昔の事を知って、私が嫌いになると思ったのかな？　そんな心配は、する必要ないのに。そもそも簡単に切り捨ててきたのなら、そんな事を悩まないと思うな。ずっと心の何処かで悩んでいたから、私というきっかけが出来てあふれてしまっただけだと思う。

「それに、王都に近付けばきっと俺の事を聞く機会も増える。恨んでいる者もいるからな。アイビーが悪く言われてしまうかもしれない」

「そうなんだ。でも、私は平気。お父さんはやるべき事をしたと思っているし」

師匠さんもゴトスさんも言っていた。お父さんは優し過ぎるのだと。だから自ら憎まれ役を買って出ると。詳しくは訊かなかったけど、何となくは理解した。私にはそれで十分。

「お父さんは、本当に不器用だよね」

「そうかな？」

自ら恨まれ役を買って出て、それで苦しんでいるんだから不器用でしょう。

お父さんを見ると拗ねた様な表情をしていたので、噴き出して笑ってしまう。私の楽しそうな雰囲気に、ソラとフレムが楽しそうに飛び跳ねる。

「そう。不器用過ぎる」

「不器用か……。結構本気で悩んだんだけどな」

後悔もあるけど、お父さんに恨みを持っている人が私に何か言ったりするのが怖いのかも。

「お父さんはかっこ良くて、でも情けない所もある。すごく優しいのに冷たい所もあるし、器用なのに不器用な所もある。そんな印象かな。あのね、すべてを含めて大好きなお父さんだからね」

私の言葉に、お父さんが驚いた表情で私を見た。お父さんの最初の印象はかっこいいだった。片腕をなくしても、力強く生きる強さを持っていたからその強さに憧れた。なのに、親や兄弟の事になるとたんに不安定になる姿を見て驚いたし、失敗した時の情けない表情に強さだけではないんだなと思った。その姿を一生懸命隠そうとしている姿が可愛かった……これは内緒だけどね。片手でも何でも器用にこなす姿はやっぱりかっこ良くて。でも、今回のように心配し過ぎて不器用になる事もある。全部含めて、大好きなお父さんなんだけどな。

「アイビーは強いな」

「そんな事はないよ。でも、強くありたいかな」

私を大切だと言ってくれる人や私が大切だと思う人の事は信じる。そう決めたから。

「そうか。ありがとう」

お父さんを見ると、優しい笑みで私を見ている。うん、やっぱりかっこいい。

「あっ、話し込んでしまったがマリャは大丈夫かな？」

お父さんの視線がお姉ちゃんがいるほうを見る。話しながらでも、手を休める事なく枝を集めていたのでそれなりに集まっている。マジックバッグの容量を考えると、今日の分は余裕であるだろう。

「お父さんと私の分を合わせると、明日の分も集まったと思う」

「そうだな。ジナルたちの様子では、数日ここに待機しそうだったからな」

「うん。どんな情報を持ってくるか楽しみだね」

何かする様な含みがあったけど、無茶だけはしないでほしい。まぁジナルさんなら大丈夫か。

急いでお姉ちゃんの下に行くと、焚火の炎が大きく立ち上がっている。

「あぁ、良かった。どうしてこんなに火が強くなるの!?」

私たちの姿を見て泣きそうになるお姉ちゃん。

「油を含む木を入れ過ぎたんだよ。今手に持っているその木は少しだけ入れないと」

「えっ、これ？」

お姉ちゃんの周りにある木を見ると二種類に分けていた筈が、ごちゃごちゃに交ざり合っている。

「あれ？　分けていった筈だが」

「あっ」

お父さんの言葉に、お姉ちゃんの頬が赤くなる。

「足で引っ掛けてしまって……」

「怪我はないか？」

お父さんの質問に、恥ずかしそうに頷くお姉ちゃん。怪我がなくて良かった。

「ごめんなさい。上手く出来なかった」

「大丈夫、気にするな」

お父さんが焚火の調整をしてくれている間に、マジックバッグから取ってきた枝を出す。すべて出し終わると、マジックバッグを裏返して中を綺麗にする。

「次は何をするの？」

「夕飯を作ろうと思うけど、何がいい？　食べたい物はある？」

まだ食材は沢山あるので、ある程度の希望の物は作れる。お姉ちゃんを見ると、少し悩んでいる。

「あのちょっとピリッとしたスープで、米の入ったのがいい」

「わかった。あれはお父さんも好きだから大丈夫。それにしよう」

お父さんには別にお肉を焼こうかな。食材が入ったマジックバッグから必要な材料を取り出す。

お鍋と包丁なども出して、焚火の近くで調理を開始する。

「何を手伝ったらいい？」

「お鍋洗って、半分ぐらいまで水を入れて火にかけてくれる？」

「わかった」

火の番をしているお父さんに、味付けしたお肉を焼いてもらう。その隣でピリ辛スープを作って、ご飯を炊いて。炊けたご飯をスープに投入して、少し煮込んだら完成。

「肉もいい感じに焼けたぞ」

「ありがとう」

お姉ちゃんがソラたちのポーションをマジックバッグから出しているのだが、手が止まっている。様子を見ると、劣化が激しく色の区別がつきにくいポーションが出てきてしまった様だ。手助けしたほうがいいかなと声を掛けようとするが、区別が出来たのかポーションを並べた。確認すると、ちゃんと正しいほうに置いている。色の区別がつくようになったのだろうか？

「どうした？」

「お姉ちゃんの目は、色の区別が出来るようになったの？」

「あぁ、少しずつだが治っているみたいで改善されてる。良かったよ。後遺症が残ったらどうしようかと思った。あれ以上何かを背負って生きるのは大変だろうから」

あっ、やっぱりわざと言ってなかったのか。

「治る可能性があったから言わなかったの？」

「そうだ。その可能性にかけた。後遺症だったら、いずれ失明しただろうからな。色々あったマリヤには言えなかった」

失明！　奴隷印を使った人は、本当に人として最低。

「色の区別がつくようになったんだし、もう大丈夫だよね？」

「ジナルに確認したけど、もう少し様子を見ないとわからないらしい」

「そうなんだ。……でも、きっと大丈夫だよ」

そうあってほしい。これ以上、お姉ちゃんが苦しむのは見たくない。お姉ちゃんが、ポーションを並べ終えてこちらに来る。

「ありがとう。完成しているから、食べようか」

「うん。おいしそう」

お姉ちゃん用とお父さん用に、それぞれご飯入りスープを器によそう。そういえば、この料理の名前は何なんだろう。前の私の記憶にあった、何かの料理だと思うんだけど……思い出せないや。

「はい。どうぞ」

「「いただきます」」

ピリ辛スープは体が温まるから夜におすすめだな。

「アイビー」

「何？」

「明日は捨て場に行かないか？」

サーペントさんのお陰で、ポーションにはまだまだ余裕があるけれど、この先どうなるかわからない以上いつでも移動出来るように準備は必要だよね。

「うん。ポーションとか必要な物を確保しておこうかな」

「あぁ、ジナルたちが失敗するとは思わないが、もしもの事があるからな」

「わかった」

明日は、朝方に捨て場に行ってお昼からは洞窟でジナルさんたちと待ち合わせ。……お風呂入りたいな～。

498話　のんびりゴミ拾い

「アイビーとマリャはポーションを拾ってくれるか？　俺はマジックアイテムを拾うから」

「わかった」

お姉ちゃんが小さく深呼吸してから頷く。捨て場は、岩穴とは村を挟んで反対側だった。朝食後にゆっくり歩いてきたが、お姉ちゃんの体力ではちょっとした運動になった様だ。

「私はまだまだね。アイビーの体力にはいつ追いつくんだろう」

そう言って、溜め息を吐くお姉ちゃん。体力がない事を気にしているが、焦ってもしかたない。

「五歳の頃から森を走り回っていた私と比べたら駄目だよ。ゆっくりでいいから気にしないで」

走り回っていたというか、生きる為に足掻《あが》いていた感じだけどね。

「うん」

「それに一週間前に比べたら、ちゃんと体力がついてるよ？」

歩く速さや休憩までの時間を見ればすぐにわかる。最初に比べてかなり体力がついてきている。

「本当？」

自分の事はわかりづらいのかな？

「うん。本当だから大丈夫」

うれしそうに笑うお姉ちゃんとポーションを探す。この村の捨て場は管理されているようで、捨て場だけど整理整頓されていて探しやすい。

「青と赤と紫……」

ポーションや空き瓶などが捨てられている場所で必要な物を拾っていく。視界の隅に、飛び跳ねるソラとフレムが見える。二匹の様子を見ると、競うようにポーションを食べている様だ。その姿を見ながら、今日は夕飯もいらないだろうなと思う。本当に捨て場に来ると、食べ放題を楽しんでいるよね。ん？

「あっ、フレム！　魔石は――」

ぽんっ。

遅かった……。今までポーションを食べていたのに……。

「フレム」

そんなすごい期待した目で見られると、駄目だとは言いづらい。

「えっと、魔石は三つまでね。あとレベルの低い魔石だとうれしいかな」

あっ、体を傾けて可愛い顔してる。……駄目だ。これを見たら、ついもっと復活させてもいいと思ってしまう。

「てりゅ？」

「五個までね」

あっ、言ってしまった。

「ぶっ、あはははっ」

後ろからお父さんの笑っている声が聞こえる。だって、うるうるした目でこてんとかされると、ついお願いを聞きたくなってしまって……。でも、一瞬は耐えたんだよ？　でもさ、「駄目？」みたいな鳴かれ方したら……。

「アイビーはフレムやソラのそれに、甘いよな」

「お父さんもね」

私の言葉に、お父さんが笑いながら頷く。二人とも自覚があるのに、拒否出来ない魅力があるんだよね。ソラたちの体をちょっとだけ横に倒す「こてん」には。

「ポーションは駄目だぞ。かなり溜まっているからな」

お父さんの言葉にフレムとソラがちょっと不服そうにするが、すぐに引き下がってくれた。マジックボックスの中を見せて、溜まっているポーションを見せたのが良かったのかもしれない。魔石が溜まっている様子も見せておこう。復活させるのを、控えてくれるかもしれない。

「さて、縄も拾っていくか？」

「そうだね。待っているだけじゃ暇《ひま》だし、罠でも作って仕掛ける？」

「そうしよう。縄とカゴと……」

「お父さん、この辺りは何が狩れるの？」

「ハタル村と一緒でフォーだな。あとはガルガという魔物だ。罠で狩るならラッポだな」

ガルガにラッポ。ガルガは本で読んだ事があるな。確か、二メートル弱で二本足で飛び跳ねる魔物。頭に角があってそれで襲い掛かってくるんだよね。確か気性が荒いと書いてあった気がする。

「ガルガは気を付けたほうがいい、魔物だよね」

私の言葉に、マジックアイテムを拾っていたお父さんが私を見て頷く。

「動きがとにかく速いんだ。角にも気を付けないと駄目だが、そちらに気を取られていると尻尾で攻撃される。少し厄介な魔物だよ」

そんな危ない魔物がいたのか。気配を探ってはいるが、特に魔物の気配は感じない。この捨て場周辺にはいないのかな？

ラッポは頭に角があって、野ウサギの二倍の大きさだったよね。大きなカゴがいる事と、カゴの強化が必要だった筈。

「カゴを多めに拾っていかないと、数は作れないね」

「そうだな。まぁ、ある程度数は作れるだろう。大量に捨てられているから」

お父さんが指すほうを見ると、確かに壊れたカゴが大量に捨てられている。これはいい罠が作れそうだな。

「げふっ」

ん？　音がしたほうを見ると、ソルの体が少し大きくなっている様な気がする。捨て場に入ってから、ずっとマジックアイテムを食べ続けていたソル。その量にちょっと不安だったが、間違いなく食べ過ぎだろう。

「ソル、大丈夫？　食べ過ぎじゃない？」

「ぺふっ！」

ちょっと不服そうなソル。私のほうへぴょんと……飛べなかった。少し浮いたが、そのままドンと落ちる。体が重くなって、飛び跳ねられないとかどれだけ食べたの？

「……ぺふっ」

ソルは飛べなかった事が衝撃だったのか、ちょっと固まってからちらりと私を見る。

「ゆっくり休憩したら大丈夫。私たちの作業が終わるまで、そこでゆっくりしていてね」

私の言葉にプルプルと揺れるソル。まさか食べ過ぎで動けなくなるとは。

ポーションやマジックアイテム、縄やカゴを大量にマジックバッグに詰め込む。持ってきたマジックバッグがどれも一杯だ。

「そろそろ、待ち合わせの洞窟まで行こうか？」

「そうだね。お昼は洞窟に着いてからでいい？」

「あぁ」

お父さんとマジックバッグを半分ずつ持つと、お姉ちゃんが小さく私たちにお礼を言う。自分だけ何も持っていないのが気になっているみたい。

「ほらっ」

お父さんが、一番小さいマジックバッグを渡す。

「あっ、はい」

うれしそうにマジックバッグを受け取るお姉ちゃんに笑みが浮かぶ。ソルを見ると、食後にゆっくりしたのが良かったのか、元気に飛び跳ねている。皆で捨て場を出ると、トロンを見てもらっていたシエルの下へ行く。

「ありがとう。遅くなってごめんね」

「にゃうん」

トロンを見ると、まだ寝ていた。トロンのカゴを肩から提げると、洞窟へ向かって歩き出す。何か、情報を掴めたかな？

お姉ちゃんの息が切れてそろそろ限界になるかという頃、洞窟に着く。洞窟は、本当に人気がないのか周辺に人の気配が全くしない。

「お昼を食べながら待つか」

「うん」

マジックバッグから、ゴザを出してサンドイッチやおにぎりを出す。朝作って入れておいた、スープも出す。

「「「いただきます」」」

「ぎゃっ」

「あっ。トロン、おはよう」

トロンがカゴの中からきょろきょろと周りを見る。私と視線が合うと、葉っぱがプルプルと揺れた。

「トロンもご飯を食べる？」

「ぎゃっ、ぎゃっ」

拾ってきたばかりの紫のポーションをマジックバッグから取り出し、専用のコップに少し入れる。その間に、お父さんがトロンをカゴから出してくれたので、目の前にコップを置く。トロンは、いそいそとコップの中のポーションに浸かり満足そうに目を細めた。

「おもしろい光景だよな」

お父さんの言葉にお姉ちゃんが笑う。確かにコップの中で満足そうに目を細める木の魔物。おもしろいね。

お昼を食べだしてしばらくすると、微かにこちらに来る気配を感じた。気配を探ると、向こうも気付いた様だ。ジナルさんたちの気配を、内緒で探るのは難しいな。

「ジナルさんたちが来たみたい」

「そうか」

急いでお昼を食べきって、後片付けをする。人数分のお茶を入れる為に、火をおこしてお湯を沸かす。お湯が沸いた頃に来たジナルさんたちは、フィーシェさんがやたら疲れている以外はいつもどおりだった。

499話　多過ぎる！

「フィーシェさん、お疲れですね。大丈夫ですか？」

私の質問に苦笑を浮かべるフィーシェさん。村で何があったんだろう？

「どうだった？」

お父さんがジナルさんに訊く。

「思ったより貴族の追っ手は多いみたいだ。昨日だけで確認出来た数は一八人」

一八人！　そんなに？　お父さんもさすがに多いと思ったのか驚いた表情をしている。

「この一八人以外に三人ほど怪しい奴がいる。もう少し調べる必要があるな」

「一日でそれだけ調べたのか？　さすがだな」

お父さんの言葉に頷く。ジナルさんたちは、やはり只者ではないね。貴族の追っ手じゃなくて良かった。

「それで王都の貴族の動きだが」

「あぁ、何かわかったか？」

ジナルさんが声を少し抑える。

「知り合いがいたから、協力を頼んだ」

どうして声を潜めたんだろう？

「協力ね～。あれは脅しだろ？」

ガリットさんの言葉に驚いてジナルさんを見るが、いつもの表情でお茶を飲んでいる。脅しなのかな？　協力なのかな？　どちらにしても、

「無理はしないでくださいね」

今回の事で、ジナルさんたちの立場が悪くなったりしたら申し訳ない。

「大丈夫だって。俺たちにとってはいつもと変わらないから」

ガリットさんが笑いながらいつもの事だと教えてくれる。……えっと、脅しが？　それはどうなんだろう。

「おい。その言い方だと俺がいつも脅しているみたいじゃないか」

ジナルさんが不服そうにガリットさんに言う。

「似た様なモノだろう？」

「俺は協力をしてもらっているだけだ」

ジナルさんの言葉に、ガリットさんが胡乱《うろん》な目を向ける。

「協力しなかったら、どうなると思う？　みたいな雰囲気出して？」

「脅してはいない。ただ、ちょっと未来の話をしただけだろう？」

それは間違いなく脅しでは？

「大体、やばい事だと知っていながら手を出す馬鹿が悪い」

ジナルさんが、馬鹿にしたように言う。

「まぁ、確かにな。一度はちゃんと警告するもんな」

そうなんだ。それは親切だよね。

「あぁ、それで引き返せばいいのに、やめないから協力する事になるんだ」

ん〜、協力しないとしかたないのかな？　あれ？　感化されてる？

「まぁ、奴らがいてくれるから仕事がしやすいんだけどな」

ジナルさんの言葉にガリットさんが頷く。……まぁ、ジナルさんたちの仕事がはかどるなら、いいか。それよりも、今の会話を聞いてて良かったのかな？

「ガリットのせいで、話が脱線しただろ。何だっけ……王都の貴族たちの事だったな。おそらく二か三日は掛かるだろう。それまでハタハ村の近くで待機だな」

ジナルさんの言葉に、お父さんが頷く。

「これからどうするんだ？」

ジナルさんがお姉ちゃんを見る。

「マリャが村に入るのは無理だな。それと、旅を続けるのも危険かもしれないな」

お父さんの言葉に首を傾げる。村に入れないのはわかるけど、旅が危険？　どういう事だろう？

「あれだけの数がいると、誤魔化すにも限界があるからな」

ガリットさんの言葉にジナルさんが溜め息を吐く。一八人に三人。確かにこれだけの人を誤魔化すのは大変だろうな。

「時間が経てば追っ手同士で情報を交換しだすから、厄介だしな」

フィーシェさんが、面倒くさそうに言うと、ジナルさんとガリットさんが嫌そうに頷く。

「逃げていると見せかけて、何処かの村で他人に成りすまして生活するか」

「他人に？」

フィーシェさんを見ると頷いた。

「そう。まったくの赤の他人に」

私は保証人になってくれたオグト隊長さんがいたから簡単になれたけど、お姉ちゃんも出来るのかな？

「大人は簡単ではないだろう？　子供の場合は保証人で有耶無耶《うやむや》にして他人になれるが」

お父さんの言葉に、つい頷いてしまいそうになった。有耶無耶で他人になった経験をしているからね。

「アイビー？　どうした？」

「何でもないよ。大人の場合は大変なの？」

「かなりな」

お父さんが頷く。大変なのか。これからのお姉ちゃんの事を思うと、いい方法だと思うんだけど。

「大丈夫だ。知り合いに頼んでみるわ」

ジナルさんの言葉に彼を見る。そんな事まで出来る知り合いがいるってすごいな。

「すごい人脈だな。まぁ、出来るにしてもマリャの希望も聞きたいから」

お父さんの言葉にジナルさんたちが頷く。良かった。お姉ちゃんの意見もちゃんと聞いてくれるみたい。

「マリャ、話は聞いてたよな？」

「うん。ごめんなさい、私のせいで」

お姉ちゃんがお父さんやジナルさんたちに頭を下げる。ガリットさんがポンとお姉ちゃんの頭に優しく手を置く。

「気にしなくていいぞ。こんな事は俺たちにとって特に珍しい事じゃないから」

それはそれで、ちょっとどうなんだろうと思うけどね。

「そうそう。今回はマリャの為だからな、嫌々するわけじゃないし」

フィーシェさんもお姉ちゃんの肩を優しくポンと叩く。

「……ありがとう」

お姉ちゃんに優しく声を掛けるジナルさんたち。内容はともかく、頼もしい。

「今はまだ決めなくてもいいけど、この村を離れる時には決めてほしい。旅を続けるのか、何処かに潜んで暮らすか。まぁ、他人になるのは抵抗があるかもしれないが、落ち着いた生活の為にはいい方法だと思うから。これも考えてほしい。あっ、他人になって旅を続ける事も出来るからな」

ジナルさんの言葉に、戸惑いながら頷くお姉ちゃん。他人になるのは、確かにいい方法だと思う。

お姉ちゃんの名前はきっと貴族たちに知れ渡っているだろうし。

「さて、洞窟内を少し見てみるか」

ジナルさんの言葉に、ガリットさんたちは嫌そうな顔をする。

「見てどうするんだ？　まさか魔石を拾うのか？」

「手ぶらで帰るのは、目立つだろう？」

ガリットさんの嫌そうな表情に、ジナルさんが肩を竦める。

「いや、俺たちがこの洞窟の魔石を持って行くほうが目立つだろう。何で低レベルの魔石しかない洞窟に入ったのかと」

確かに、そう不思議がられそう。

「そういえばそうだな。サーペントに貰った魔石でもちらつかせるか」

「それこそ目立つだろうが！」

ジナルさんの言葉にフィーシェさんが呆れた表情をする。

「いや、いい手かもしれない」

ガリットさんが、にやりと何かを含んだ笑みを見せる。守ってもらっているけど、悪人にしか見えないな。

「ぷっぷぷ～」

不意にソラが少し大きな声で鳴く。声の聞こえたほうを見ると、少し離れた所でソラたちが飛び跳ねている。

「呼んでるな」

お父さんの言葉に頷いて、ソラたちの所へ行く。ジナルさんたちも興味があるのか、後ろをついて来た。

「どうしたの？」

私の言葉に、ソラとフレムとソルがぴょんぴょんと飛び跳ねる。……ごめん、わからない。何とか意味を読み解こうとするが、わからない。

「ぷ〜」

じっと見つめていると、ソラたちが移動を始める。

「ついて来いって事かな？」

「おそらく」

ソラを先頭にぞろぞろ付いて行く。途中でソラたちが後ろを窺うように見ているのがわかる。まるで付いて来ているか、確かめている様だ。

「ここ？」

しばらく歩くと止まったが、周りを見ても何もない。木々があって大きな岩がある。ハタハ村の周辺で見られる風景だ。どうしてここに呼ばれたんだろう？

「あれ？　シエルだ」

お父さんの言葉に、視線を向けるとシエルが岩の上にいた。その岩に近付くと、ソラが慌てたように前へ来る。

「どうしたの？」

「ぷ～！」

なぜか怒っている。どうしようかと、ソラから視線を逸らす。あれ？

ソラの後ろにある岩の、土に面している部分を見る。何かおかしい。岩は私たちが寝泊まりした岩穴のように蔦が絡まっている。

「お父さん、岩の下に……」

あれは空洞？　何だろう？　お父さんとジナルさんたちが岩の下の地面を調べだした。

「すごいな」

調べだして二分ぐらいで、ジナルさんが感心した様子でソラたちを見る。

「どうしたの？」

「この岩の下に地下洞窟があるみたいだ」

地下洞窟？

500話　地下洞窟には夢がある

「地下洞窟か。ソラ、すごいな」

お父さんの言葉にぷるぷるとうれしそうに揺れるソラ。ガリットさんやフィーシェさんからも、褒められて撫でられている。

「ぷっぷ～！」

岩に近付き、中を覗き込む。下を覗き込むが、底が見えない。かなり深いのかな？

「危ない！　落ちないように気を付けろ」

ジナルさんが、私の腕を軽く後ろに引っ張る。かなり前のめりになって覗き込んでいたみたいだ。

「ありがとうございます」

確かに、あのまま覗き込んでいたら落ちたかもしれない。

「すごく深いみたいですね」

「そうなんだよ。簡単に確かめてみたが、大体八メートルぐらいはあるみたいだ。地下洞窟はおもしろいんだぞ」

おもしろい？　ジナルさんの言葉に首を傾げる。私は怖いと思うんだけどな。

「魔物はいないんですか？」

「いるぞ、地下洞窟には地下洞窟特有の魔物がな。これがいいマジックアイテムを落としてくれるんだよ」

落としてくれるというか、倒してドロップさせるんだよね？　……まさか、地下洞窟の魔物は本当に落とすの？

「ジナル、嘘を教えるな。アイビー、魔物がマジックアイテムを落とす事は絶対にないからな」

「そうだよね」

「ん？　えっ？　もしかして信じた？」

お父さんの言葉に納得した表情をすると、ジナルさんに驚かれた。

「悪い。ドロップの事を俺たちの間では落とすというからさ」

冒険者たち特有の言葉かな。

「ジナル、降りるか？」

「当然だろ」

ガリットさんの言葉に楽しそうに答えるジナルさん。本当に楽しみなようで、少し興奮しているみたいだ。フィーシェさんがジナルさんを見て、苦笑いをしている。

「ジナルは洞窟が好きなんだよ」

フィーシェさんの言葉にジナルさんが楽しそうに頷く。

「そうと決まれば、一度村に戻るぞ」

えっ？

「地下洞窟は他の洞窟とは少し違って、専用の装備がないと死ぬ」

なるほど。ジナルさんたちが、戻る準備を始める。

「ついでに餌もばらまいてくるか」

ジナルさんがさっきとは違う笑みを見せる。

「餌？」

お姉ちゃんが、ジナルさんの表情を見てちょっと引いている。確かに、何かやりそうな表情だもんね。

「一八人の追っ手も判断が出来ない三人も、村に入る時に冒険者として申請しているんだ。昨日の様子だけの判断になるが、全員がそれなりの手練れだと思う」

ハタハ村に入った時の申請がどうしてわかったんだろう？　簡単に知る事なんて出来ないよね？

「マリャの確保かそれ以外の仕事を受けている時に、冒険者なら絶対に興味を惹かれる地下洞窟の情報が流れる」

餌って地下洞窟の事だったのか。

「さて、奴らはどう動くかな？」

楽しそうに話すジナルさんに、お姉ちゃんが体をちょっと引いた。うん、今ものすごく悪い顔をしたからね。その気持ちがわかる。

「ドルイドたちはどうする？」

フィーシェさんの言葉に、ここに冒険者たちが来る事に気付いた。あまりに急な事だったから、呆けてしまったな。

「そうだな……」

「にゃうん」

シエルがお父さんにすりっと体を寄せる。

「とりあえず、ここを離れて周りの森を見て回るよ」

お父さんがシエルの頭を撫でながら、森の奥を指す。シエルがいてくれるお陰で、森の奥に入り込んでも安全に過ごせるもんね。

「そうだ。寝床にしている岩穴は……あそこは大丈夫か？」

「村からこの地下洞窟までの道からは、かなり離れている場所だから大丈夫だろう」

お父さんが思案すると、ガリットさんが地図を見ながら答えてくれた。地図を覗き込んで、ガリットさんに位置関係を説明されたのか納得した様だ。

「それに。地下洞窟の事が噂になれば、ここ周辺だけに注意を払っておけば、誰かに見つかる事はおそらくないだろう。まあ、ここがどれくらい深い洞窟なのかによるが」

そんなに、この地下洞窟に冒険者は集まるのだろうか？　まぁ、明日になればわかるかな。

「明日の昼にまた……今度は、何処がいいだろう？」

「捨て場で会おう」

お父さんの言葉にフィーシェさんが頷く。村を挟んで反対側なので、落ち合うなら最適な場所だろう。

「夕方辺りから気を付けてくれ」

村で地下洞窟の事を話したあとだね。

「わかった。また明日」

「あぁ。明日」

ジナルさんたちが村へ戻って行くのを見送る。

「お昼も食べたし、すぐに移動しようか」

「うん」

使った物を素早く片付けて、地下洞窟からシエルの案内で森の奥へ移動する。お姉ちゃんの体力強化も兼ねているので、疲れ具合を確認しながら歩く。地図で確かめたけど、この奥には岩場が広がっているみたいだ。

「お父さん」

「どうした？」

ソラたちの元気に飛び跳ねる姿を見る。今日も元気だな。

「地下洞窟にはそんなに冒険者が集まるの？」

新しい洞窟が発見された時は、冒険者が集まりやすい事は知っている。それにしたってジナルさんたちの言い方が気になる。まるで冒険者すべてが、地下洞窟に興味が湧くみたいな感じだった。

「地下洞窟の魔物は、珍しいマジックアイテムしかドロップしないんだ。そのぶん厄介な性質を持っている魔物が多いが。それがわかっていても、マジックアイテムほしさに冒険者が集まるんだよ」

珍しいマジックアイテム。

「地下洞窟で見つけたマジックアイテムで、莫大な富を築いた冒険者もいるんだぞ」

「そうなの？」

「あぁ。だから人気なんだよ。地下洞窟は、普通の洞窟では絶対に見られない夢が見られるからな」

莫大な富か。確かに人を惹きつけるんだろうな。

「すごいんだね」

どんなマジックアイテムをドロップするんだろう。興味がなかったけど、気になってきてしまった。

「にゃうん」

シエルの声に、視線を向けると大木の下で座っていた。ソラたちもシエルの周りでくつろぎだす。急にどうしたのか。

「休憩だ～」

後ろからお姉ちゃんの声が聞こえる。見ると、疲労困憊《こんぱい》した表情のお姉ちゃん。しまった、いつもより速く歩いていたかもしれない。

「大丈夫？」

「大丈夫だよ～」

大木まで歩くと、お姉ちゃんがどさりと座り込む。

「悪い、歩くのが速かったな」

「いえ。慣れる必要があるから、今の速さで歩いてほしい」

「そうか？」

「うん」

お茶を用意して、お姉ちゃんに渡す。自分のぶんのお茶をゆっくりと飲みながら周辺を見る。

「ごめんね。巻き込んじゃって」

ゆっくりお茶を飲んでいると、小さな謝罪の声が聞こえた。隣を見ると、沈んだ表情でお茶を飲むお姉ちゃん。さっきまで普通に見えたのに。やはり追っ手の事などを気にしているんだろうか？

「気にするな」

「でも……」

お父さんの言葉に首を横に振るお姉ちゃん。

「マリャ。これからの事を決める時は、俺たちの為ではなく自分がどうしたいかを考えて決めるんだぞ」

お父さんの言葉に、苦悶《くもん》の表情を浮かべるお姉ちゃん。

「まだ時間があるから、ゆっくり考えればいい。ジナルたちは地下洞窟でしばらく遊ぶだろうしな」

遊ぶ？　確かに、楽しそうにしていたから時間が掛かるかも。

501話　巨大だった

「お父さん、これ薬実だ！」

休憩のあとで周りの森を探索していて見つけた、青い実。以前採った薬実とは別の物だけど、本で見た事がある。

「ほんとだ。珍しい物を見つけたな」

「やくみ？」

お姉ちゃんは知らないようで、青い実を手に取って首を傾げる。

「薬になる実の事だ」

お父さんの説明はそのままだけど、それ以外の説明のしようがないからね。お姉ちゃんは、わかったようで何度か頷いた。

「収穫して行こうか。お金になるし」

「うん。お姉ちゃんも手伝って」

「もちろん。任せて」

確かこの実は、熟していないと薬実として役に立たないんだよね。三人で熟した実を選びながら収穫していく。地下洞窟の事があるので、少し広範囲で気配を探る。魔物が少し離れた所にいて、こちらの様子を窺っているのがわかる。近付いて来るかもしれないので、少し警戒しておこう。

「採れたな」

三人で合計四十六個。実は一杯生《な》っているけど、熟している実が少なかった。

「これでも多いと思うぞ」

「そうなの？」

「あぁ、薬実が一ヶ所で大量に生る事は少ないから」

そうだっけ？　以前収穫した薬実の状態を思い出す。確か、二本の木から収穫したかな。その前は一本の木からだった気がする。

「確かに、薬実の木がこんなに集まっているのは珍しいかも」

「そうなんだよ。土がこの木に合っているのかもな。この実はジナルたちに頼んで売ってもらうか」

村へは入らないほうがいいだろうからしかたないけど、ジナルさんたちに色々とお願いしちゃっているなぁ。今度、おいしい物でもご馳走しよう。あっ、こちらの様子を窺っていた魔物が遠ざかっていくみたい。こっちには来なかったか、良かった。

「さて、もう少し奥に行ってみるか？　シエルたちは大丈夫か？」

「にゃうん」

「ぷっぷぷ～」

「てっりゅりゅ～」

「ぺふっ」

「ぎゃっ」

「あっ、トロンも参加した」

トロンも歩きたそうだったが、さすがに周りに同化し過ぎて見失うので、お願いしてシエルの頭に乗ってもらった。最初はちょっと不服そうにしていたが、居心地が良かったのか寝てしまった。

「シエル。頭の上は問題ない？」

トロンの根っこの足が毛に絡みついているように見える。痛くないかな？

「にゃうん」

普通に答えるシエルの様子から、痛くはないみたい。

「あれ？　この穴……」

お父さんが木の根の下に穴を見つけて、覗き込む。何か見つけたんだろうか？

「どうしたの？」

お姉ちゃんが心配そうに、穴を見る。

「どうも、地下洞窟につながっているみたいだ。穴から感じる風に独特の魔力を感じる」

えっ？　地下洞窟？　見つけた地下洞窟に入れる穴からは、かなり距離があるんだけど。それに独特の魔力とは何だろう。さっきの穴から感じた湿った感じの魔力の事かな？

「湿った様な魔力の事？」

私の言葉にお父さんが首を横に振る。

「湿った様な魔力は地下洞窟が持つ特徴の一つだな。それとは別に微かにだが、変わった魔力を感じられる筈だ。さっきは説明し忘れたな、悪い」

穴に近付き、穴の中から風を感じる。微かって事は本当に少ないんだろうな。目を閉じて魔力に集中する。ん？　何か掴めそう…………。

「はぁ、駄目みたい。何か感じたと思ったんだけど」

掴もうとするとなくなってしまう。

「わずかな魔力だから難しいかもな」

「さっき見つけた地下洞窟と同じ魔力ならつながっているって事だよね？」

「あぁ、それは間違いないだろう」

地図を思い出す。正確な距離はわからないけど、かなり大きな地下洞窟という事だよね。

「これは本格的な調査チームが組まれるかもしれないな」

お父さんの言葉に頷く。ジナルさんたち、大丈夫かな？

捨て場へ行くと、既にジナルさんたちが待っていた。

「おはよう。少し暑いな」

もうすぐ夏本番。そろそろ暑さが増していく時季だ。歩くと汗びっしょりになるから、大変なんだよね。

「おはよう。どうだった？」

お父さんの質問に、一つの魔石を見せるガリットさん。ガリットさんの手の上には、透明な魔石に真っ赤な線が三本入っている。今まで見た事がない魔石だ。

「珍しい魔石だな。何が出来るんだ？」

「それがさっぱりわからないんだよ。調べてもらったんだけど、ひゅーまんこぴーだって」

……ヒューマンコピー？　人間複写？　……えっと、前の私の知識かな？　それにしても人間複写？

「何だそれ」

お父さんの質問にジナルさんたちが首を横に振る。

「あの地下洞窟は魔石が採れるのか？　マジックアイテムではなく？」

そういえば、地下洞窟はレアなマジックアイテムが採れると言っていたのに、魔石？

「いや、マジックアイテムが多いよ。魔石は、聞いた話では俺が持っている物も含めて三個だ」

「それと、かなり巨大な事がわかった」

ジナルさんの言葉に神妙に頷くお父さん。その反応に首を傾げるジナルさん。

「知っていたのか？」

「昨日森の奥で、木の下にある穴を見つけたんだ。その穴から吹いていた風に、ジナルたちが入った地下洞窟と同じ魔力を感じたから」

お父さんの言葉に私とお姉ちゃんが頷く。

「森の奥？　地図で大体の場所はわかるか？」

ガリットさんが地図を広げて、お父さんに場所を訊く。大まかな場所を昨日確かめておいたので、お父さんが地図を見ながら説明する。それをジナルさんたちが見ている。

「かなり広いな。もしかしたら最大級の地下洞窟じゃないか？」

フィーシェさんがうれしそうに言うと、ガリットさんが溜め息を吐く。

「大掛かりな調査隊が組まれたら面倒だろうが」

フィーシェさんはガリットさんに肩を竦めて見せる。何が面倒なんだろう。調査隊にジナルさんたちが組み込まれたりするのかな？　それは、面倒くさいかも。

「調査隊が組まれるとしても、時間が掛かるから俺たちの邪魔にはならない。それに調査隊が組まれるとわかったら、調査が始まる前にマジックアイテムを得ようと動く冒険者が多くなる。しかも巨大なら、隠れる場所も豊富だ。餌にもいい感じに食いついたから、きっと今日辺りから動く筈だ。俺たちも今日からだな」

何の話をしているのかさっぱりわからない。これは訊いてもいい事なのか、無視したほうがいい事なのか……。ただ、調査隊に組み込まれる心配をしているわけではない事はわかった。

「アイビー、あの魔石が何かわかるか？」

お父さんが隣に来て小声で聞いてくる。

「人間複写だって」

これはわかったと言えるのかな？　人間を複写……複写は同じ物を写すでいいのかな？

「人間複写？」

話が聞こえたのかジナルさんが首を傾げる。これはジナルさんたちも巻き込んだほうが、意味がわかるかも。

「さっきの魔石の事です」

私の言葉に驚いた表情のジナルさんたち。ガリットさんが、慌ててバッグから魔石を取り出す。

「これの力が何かわかったのか？」

ガリットさんの言葉に首を横に振る。わかった様な、わかっていない様な。

「ヒューマンは人間でコピーは複写を意味するみたいです」

頭の中で変換されたけど、間違えてないよね。……大丈夫。

「えっと……。アイビーがそう言うならそうなんだろうな」

あっ、追及してこない。どうして？　私の表情を見たジナルさんが苦笑する。

「詳しく聞くと、後悔しそうだからいい」

ジナルさんの言葉にお父さんが笑う。後悔しそうって……。

「それより人間複写？　人間を写す？」

ジナルさんたちの眉間に深い皺が刻まれる。もう少し何かわからないかな？　コピー、複写……。

んっ、コップが一つ？　……同じコップが二つになったけど……何これ？

502話　ガリットさんが二人

「あ～つまり、この魔石は俺をもう一人作れる可能性があるという事でいいか？」

ジナルさんが確認するように言うと、お父さんたちが頷く。人間を複写するというのが何か話し合った結果、何とか答えかもしれないモノに辿り着いた。契約書を他の紙に写す事は出来るので同じ物を作り出すまでは良かったが、人間という言葉に全員が首を傾げた。人間とは誰を指すのか、その人物を紙に写し出すのかそうじゃないのかなど、未知の力なので話し合いはちょっとごたごたした。が、何とか答えを一つに絞り込んだ。

「ジナルがもう一人いるとか、考えただけで寒気がするな」

ガリットさんの言葉にフィーシェさんが頷く。

ジナルさんが二人？

「それほど悪くないのではないですか？」

私の言葉に、ガリットさんたちがすごい表情をして私を見た。

「アイビー、ジナルに毒されて。可哀そうに」

ガリットさんが泣きまねをする。それを見たお姉ちゃんが楽しそうに笑っているけど、ジナルさんはかなりすごみのある笑顔になっている。それが見えているのに続けるガリットさんとフィーシェさんはすごいよね。

「お前らいい加減にしろ」

「ははっ。それより魔石の力は何となく掴めたけど、どうやって複写を作るんだ？」

フィーシェさんの言葉にジナルさんとガリットさんが顔を見合わせる。通常は魔石に魔力を流すだけでいいのだけど、何か違うのだろうか？

「魔力を流した者の複写が出来るんじゃないのか？　危険はないと信じてやってみるか」

ジナルさんが魔石に魔力を流す。しばらく待つが何も起こらない。

「違ったみたいだな」

フィーシェさんが残念そうに言う。

「あ～、祈るとか？」

お父さんの言葉にジナルさんたちが首を傾げる。

「もう一人、増えろみたいな感じで」

「あ～、とりあえずやるか」

半信半疑ながら、ジナルさんが目をつぶって少しすると魔石に魔力を流した。……何も起こらない。

「あ～、どうすればいいんだ？」

ジナルさんとお父さんが首を傾げる。

「自分以外の誰かを想像してみたらどうだ？」

フィーシェさんの言葉にジナルさんが溜め息を吐く。

「俺以外か……やってみるしかないな」

持っていた魔石を両手で持って、何かを考えると魔力を魔石に流した。

「えっ！」

「すごい」

魔石が少し光るとジナルさんがみるみるガリットさんに変わっていく。

「そっちかよ！　……というか、俺！」

「すごい。見分けがつかないですね」

二人のガリットさんを見比べて、ちょっと興奮してしまう。話し合って出した答えは、「何もない所に、誰かを作り出す事が出来る」だったが、本当の答えは「自分以外の誰かになる事が出来る」だった。最後まで、この二つのどっちなのかと揉めたんだよね。それにしても、本当に瓜《うり》二つ。

「確かに、俺でも見分けがつかない」

フィーシェさんの言葉に本物のガリットさんが複雑そうな表情で頷く。

「あれだな。自分をこうして見ると……微妙な気分になるな」

「ジナル、話は出来るのか？」

フィーシェさんの言葉に頷くジナルさん。

「出来る。特に何かが変わったという感覚はないな。というか、本当に俺がガリットになったのか？」

ジナルさんが自分の変わった姿が見られないので、首を傾げている。お父さんがマジックバッグから鏡を出して渡すと、鏡の中を見て嫌そうな顔をした。

「あぁ、気持ち悪いぐらいそっくりだな」

ガリットさんが、ジナルさんがした嫌そうな表情を見て、嫌そうな表情になった。本当にそっくりだね。

「でも、この魔石は危険だな」

「そうだな。そこまで似ているなら、悪い事がし放題だ」

フィーシェさんの言葉に頷きながら、ガリットさんが溜め息を吐く。

あっ、そうか。この魔石を使ったら、誰かに罪をなすり付ける事も出来るんだ。自分の犯罪を隠す事も出来る。

「面倒な魔石が出たな」

ジナルさんが頭を掻《か》く。あれ？

「ジナルさん、姿が戻ってるよ」

「「「「えっ？」」」」

私の言葉に唖然とするジナルさんと、驚いているガリットさんたち。

「確かにジナルに戻ってる」

ガリットさんが首を傾げる。お父さんが、ジナルさんが持っている魔石を見る。

「魔石に何か変化はないか？」

ジナルさんが、手の中の魔石を皆に見せる。

「赤い線は三本あった筈だが、二本に減っているな」

確かに魔石には三本の赤い線が入っていたのを見た。なのに、今は二本だ。もしかして回数制限があるのかな？　となるとあと、二回？

「複写出来る時間はかなり短いな。これだと悪さは出来ないか……使い道がわからないな」

フィーシェさんが、魔石をジナルさんから受け取り見つめる。確かに、この短い時間に何が出来るって言うんだろう。出来たとしても逃げている途中で、複写は解ける。

「相手の気を逸らすぐらいか？」

それなら使えるかな？

「そうだな。まぁ、悪い奴らはこれでも活用するんだろうけどな」

悪知恵だけは働くもんね。とりあえず魔石については、何が出来るか判明した。ジナルさんたちは、地下洞窟で見つかった残りの魔石についても調べるそうだ。

「俺たちはお昼から地下洞窟に行くが、その間に村へ行っても大丈夫だぞ」

ガリットさんの言葉に首を傾げる。危ないと言っていたのに、大丈夫？

「あぁ、村にいた追っ手は今日は全員地下洞窟だ。だから、村へ行っても問題ない」

そうなんだ。お父さんを見ると頷いた。

「村に行って、必要な物を買ってくるよ。靴に服だな」

お姉ちゃんが少し申し訳なさそうな表情をする。

ん～、気にしているな。

「あっ、そうだ。商業ギルドに行って、お姉ちゃんが拾った魔石を売って、そのお金で必要な物を買おう」

「私が拾った魔石？」

「そう、洞窟で一緒に拾ったでしょ？」

サーペントさんがいた洞窟でお姉ちゃんと洞窟を見回った時に、数個魔石を拾った。サーペントさんがくれた魔石に比べると、かなりレベルは低いがお金にはなる。お父さんに見せて確かめたが、レベル七ぐらいなのでいつでも売っていい魔石に分類されている。

「でもあれは、アイビーがほとんど拾ったと思うんだけど」

お姉ちゃんの言葉に首を横に振る。

「二人で拾った魔石でしょ？　私のぶんも一緒に売るつもりなんだ。夏服がほしいから」

急に背が伸びたのか、去年の夏服が小さくなってしまったんだよね。だからしかたないけど夏服を買う必要がある。

「えっと、それなら」

これでお姉ちゃんの靴と洋服が買えるね。

「アイビーも靴を買うか？」

お父さんがうれしそうに提案してくれるが、却下！　まだまだ十分履けます。

503話　久々の再会

門を通るのにこんなにドキドキしたのは久しぶりかもしれない。挙動不審な態度は駄目だとわかっているんだけど、どうしても緊張してしまう。

「二人とも、そんなに緊張しなくても大丈夫だって」

「そうなんだけど……」

お姉ちゃんを見ると、顔色が悪い。二人も態度がおかしかったら目立ってしまう。よしっ、意地でも落ち着こう。小さく深呼吸して門番さんの下へ行く。

「こんにちは」

お父さんが門番さんに小さく頭を下げる。

「おや？　体調が悪いんですか？」

お姉ちゃんを見た門番さんが、一歩お姉ちゃんに近付くとお姉ちゃんがブルリと震える。

「この村に着く少し前に魔物に襲われまして。マリャは今回が初めての旅だったので、まだ怖いみたいです。もう大丈夫と言ってはいるんですが」

お父さんが答えると、門番さんが慌てて二歩後ろに下がる。怖がらせたと思ったのか、申し訳なさそうな表情で門番さんがお姉ちゃんに頭を下げる。

「申し訳ない。この村の中は安全だからゆっくり休養してくれ」

親切な門番さんなのだろう。すぐに村に入る手続きをしてくれた。

「災難でしたね。襲ってきた魔物にバッグを盗られるなんて。ちょっと待ってくださいね。えっと、これだ。この村の安いけど品がいい店の一覧なんです。揃えるとなると大変でしょう。これをどうぞ」

荷物を持っていない説明にそういう事にしたけど、ちょっと心が痛い。この門番さんいい人過ぎる。

「ありがとうございます」

お姉ちゃんが少し笑顔を見せてお礼を言うと、目じりに皺を寄せて笑みを見せる門番さん。この人が門番になっている時に来れて良かった。

無事に村に入り、まずは商業ギルドで魔石を売る事にする。お姉ちゃんのカードは、まだこれからの事を決めていないので今は作らない。

「活気があるね」

冒険者の数は少ないけど、村の人たちは笑顔で仕事をしている。

「これから稼げるからな。笑顔にもなるだろう」

お父さんの言葉に首を傾げる。稼げる？

「地下洞窟が見つかったから？」

「そう。国中の冒険者が集まってくるだろうから。これからこの村は賑わうぞ」

なるほど、だからどの人も笑顔なんだ。そういえば、お店を改造している人も他の村に比べて多いな。でもまた見つかって二日目なのに。

「商業ギルドには俺だけで行くよ」

「えっ？」

一緒に行ったらいいと思うけど？

「買収されている職員がいないとも限らないからな」

「いる可能性があるの？」

「ないとは言い切れないんだよ。アイビーたちは……」

商業ギルドの建物が見えた辺りで一度立ち止まり、周りを見る。冒険者ギルドも近くにある為、冒険者の姿もあるがやはり少ない。もしかして、地下洞窟に行っているんだろうか？

「服や靴を見に行く前に、何か食べるか。適当に買ってきてもらえないか？」

「いいよ。何がいいの？」

屋台のほうを見ると、お昼をちょっと過ぎた辺りなので、人が並んでいる屋台もある。

「肉かな」

いつも肉だよね。

「わかった。野菜も食べてね」

私の言葉に苦笑を浮かべるお父さん。お父さんが商業ギルドに向かうのを見送ってから、お姉ちゃんと屋台を見て回る。ダリュの屋台が多いが、次に多いのがガルガ肉の串焼き。味付けの種類が多く、どれもおいしそう。

「お父さんにガルガ肉の串焼きを買って行こうと思うけど、お姉ちゃんは何本食べられそう？」

私の質問に、お姉ちゃんはガルガ肉の串焼きを見る。肉の塊がおいしそうに焼かれている。

「一本でお腹一杯になると思う」

確かにガルガ肉の串焼きは肉が大きめ。私も一本でかなりお腹が一杯になると思う。

「お姉ちゃん。二人で一本食べて、他の物も食べようか？」

「そうだね。そうしよう」

ガルガ肉の串焼きの屋台を見て回る。

「肉の大きさが自慢の店は止めようね」

お姉ちゃんが私の言葉に頷く。二人で食べても一本でお腹が一杯になりそう。少し小ぶりのガルガ肉の串焼きの店を見つけ、お父さんと自分たち用に一一本注文する。ちょうど隣には野菜がごろごろ入ったスープのお店があったので、それも購入。

「おいしそう」

お姉ちゃんがガルガ肉の串焼きを見て、うれしそうに笑う。門の所で感じた恐怖心は、薄れたみたいで良かった。商業ギルドのある通りまで戻ると、ちょうどお父さんが出てきた。

「あれ？　誰かと一緒だ」

お父さんを見ると、冒険者風の男性二人と一緒だった。近付いていいのかわからないので、少し離れた所からお父さんを見る。

「知ってる人？」

お姉ちゃんの質問に首を横に振る。見た事ない人だ。そういえば、お父さんの交友関係は気にした事がない。あまり昔の事を話してくれないしね。

「親しそうだね」

「うん」

お父さんが不意にこちらを向く。どう反応していいか迷っている間に、こちらに向かってくるのが見えた。男性二人も一緒だ。お父さんが大丈夫と判断したのなら、大丈夫だろう。

「アイビー、待たせたか？　ちょっと混んでいたからさ」

「大丈夫。えっと……」

自己紹介してもいいのだろうか？　不安になってお父さんを見る。

「ランジ、さっき話した俺の娘でアイビーだ。可愛いだろ？　この二人はランジとエガ。昔からの知り合いなんだ」

お父さん、紹介に一言多いです。ちょっと頬が熱くなるのがわかるが、小さくランジさんとエガさんに向かって頭を下げる。

「初めまして、アイビーです」

近くで見るとお父さんより年上だとわかる。ランジさんもエガさんも、五〇代後半ぐらいだろうか？

「で、こっちがここからの旅に合流したマリャだ」

「初めまして」

「あぁ、よろしく」

お姉ちゃんのちょっと小さな声に、笑顔で応えるランジさん。何だか穏やかな雰囲気の人だな。

「エガだ。会えてうれしいよ」

優しいけどちょっと厳しさも感じる人だな。

「商業ギルドの中で久しぶりに会ったんだよ」

お父さんの言葉にランジさんとエガさんが頷く。

「そうなんだよ。久しぶりだったからうれしくて声を掛けたら、ものすごく睨まれてさ」

ランジさんがちょっと悲しそうな表情を作る。

「悪かったよ。誰なのか一瞬気付かなかったんだ」

お父さんとはかなり親しい間柄みたい。気を許しているのがお父さんの態度からわかる。

「しかしあのドルイドに娘が出来るなんてな。アイビー、ドルイドは優しいかい？」

「はい。とても優しいですよ」

ランジさんの質問に笑顔で答えると、すごくうれしそうな表情になった。心配されていたのかな。

「そう。モンズも安心だね。あっ、モンズは知っているのかな？」

モンズさん？　何処かで聞いた事がある様な……ない様な？

「アイビー、モンズは師匠の名前だ」

あっ、そうだった。

「師匠さんにも良くしてもらって、感謝しているんです」

私の言葉にエガさんが、少し驚いた表情をしたあとうれしそうに笑った。

「そうか、モンズとも知り合いか」

「はい」

師匠さんの名前を、親し気に言う人は初めてだな。

「お昼これからなんだろう？」

ランジさんが私とお姉ちゃんの持っている荷物を見る。

「あぁ、落ち着いて食べられる場所を知ってるか？」

お父さんの言葉にエガさんが、少しだけ歩くけど落ち着ける公園を教えてくれた。ランジさんとエガさんは、まだギルドでする事があるらしく、ここでお別れらしい。

「また、時間があったら話がしたいな」

ランジさんの言葉にお父さんが頷く。お父さんの雰囲気が、師匠さんと一緒にいる時の雰囲気に似ている気がする。ランジさんもエガさんも師匠さんを知っていたし、気安い関係なんだろうな。

504話　契約は慎重に

教えてもらった公園に行くと、親子連れやご夫婦が楽しそうに食事をしていた。公園には珍しく、テーブルと椅子も設置されていたので空いている席に座る。屋台で購入した物を広げていくと、お父さんがうれしそうな表情になった。

「ガルガ肉の串焼きか～」

もしかして好きなのかな？

「「「いただきます」」」

ガルガ肉の串焼きをお姉ちゃんと半分にして食べる。

「久々に食べたがうまいな。いい店見つけたな。不味い店は肉が硬いから」

お父さんの言葉に、お姉ちゃんと顔を見合わせて笑う。

「村の人が、多く並んでいた屋台を選んで正解だったね」

「うん。お肉も小さめだったしね」

野菜たっぷりのスープもおいしい。料理を作るのは楽しいけど、人が作る料理を楽しむのも大好き。お父さんも満足そうなので良かった。あっ、そういえば気になる事があるんだった。ちらりとお父さんを見る。

「あのね、お父さん、あの二人は大丈夫なの？」

いつもと違い、お父さんの二人に対する警戒心が薄かった。それがどうにも腑《ふ》に落ちないんだよね。お父さんを見ると、はっとした顔をしたと思ったら気まずそうな表情になった。それを不思議そうに見ていると、視線が彷徨《さまよ》いだす。

「あ～、あの二人は俺を裏切れないから大丈夫」

ん？　裏切らないではなく、裏切れない？　首を傾げてお父さんを見ると、視線が合わない。ジーっと見ているると、ちらりと私を見るお父さん。

「若かったから、酒量の限界を知らなかったんだよ」

さっぱり意味がわからず、お姉ちゃんとじっとお父さんを見つめる。しばらく何か考えていたお父さんは、溜め息を吐くと私とお姉ちゃんを見た。

「昔一緒に仕事をして。まぁ、酒を飲んで深酔いして……あの二人が俺の知り合いにちょっとやばい事をしてしまって……で、俺が無償で仕事をする事で許してもらったんだ。たぶんその時に、なぜかそういう契約を交わしてたんだよ。うん。酔いに任せた勢いで」

何か縛りがあるのか、ちょっと言葉を探しながら説明するお父さん。

「お父さんを裏切れない契約？」

私の言葉に頷くお父さん。

「酒が抜けて、冷静になってさすがにどうかと思って、契約の破棄か作り直しを提案したんだが、別にこれで構わないと言われてしまって。俺から何か命令する事はないし。困らないからいいかと……」

何というか。うん。まさか契約で縛りのある関係とは……。でも、さっきの雰囲気はそんな感じはなかったな。本当に親しい印象を受けた。

「アイビーに言われるまで、すっかり契約の事を忘れていたな」

「えっ！　そうなの？」

「あぁ、あの二人は絶対に大丈夫という認識があっただけで、その理由は完全に忘れてた。今、アイビーに言われて、どうしてここまで信頼しているのか考えて、思い出した」

お父さんが溜め息を吐いて手で顔を隠す。裏切らないようにする契約か。すごい縛りだよね。

「あの二人は何をしたの？」

そんな契約をしてもいいほどの事を、したんだろうか？

「契約で話せないから。二人にも訊かないでやってくれ。三人とも酒は怖いと、あの時に実感したよ」

すっごく気になるけど、話せないみたいだからしかたない。

「師匠さんに、怒られたんじゃないの？」

そんな契約をするなんてと。

「あの師匠だぞ？　契約内容を聞いて大笑い。まぁ、内容が内容だったから誰かに言う事はなかったけどな」

あ〜、そうだね。師匠さんだもんね。

「契約ってすごい強制力があるんだね」

お姉ちゃんの言葉にお父さんが頷く。

「気軽に契約なんてするなよ。あとになって悔やむからな。契約内容によっては一生を左右されるし」

すごく大切な事を言っているのに、説得力が……。

「経験者からの忠告だ」

それなら説得力があるね。お姉ちゃんもそう感じたのか、笑いだした。

「ははっ。食べ終わったら、服と靴を見に行こうか」

「そうだね」

机の上を見る。ガルガ肉の串焼きが四本残っている。それをマジックバッグに入れる。

「六本も食べたんだ」

肉が好きなのは知っているけど、食べ過ぎじゃない？　大丈夫かな。

「さすがに体が重いよ。でも、久しぶりに食べたら止まらなくなって」

お父さんはガルガ肉の串焼きが好きなんだ。ハタハ村を出る時に、ちょっと買い溜めして行こうかな。

「さて、そろそろ服と靴を見に行くか？」

「うん。お姉ちゃん行こう」

食べたあとを片付けて公園を出る。おすすめの店をエガさんに訊いていたようで、最初はその店に行く。公園からも近く、それほど歩く事もなさそうだ。

「ここだな。冒険者の靴と服と小物系ならここがおすすめらしい」

外観は質素で、中を覗かないと何を売っているのかわからなかった。店に入ると、靴の種類も多くバッグや帽子などもそろっているのがわかる。

「とりあえず、靴だな。サイズを測って見繕《みつくろ》ってもらおう」

お父さんが店の人に声を掛ける。

「いらっしゃいませ。店主のルーベトと言います」

三〇代半ばぐらいの男性が、私たちに向かって頭を下げる。

「よろしく。すまないが、彼女の足のサイズを測ってほしい。あと旅におすすめの靴を教えてほしい」

「わかりました。旅は長くなりそうですか？」

ルーベトさんがお父さんに話しかける。お父さんは少し考え、頷いた。

「予定はあまり決めていないが、長くなるだろうから強度のある靴をお願いしたい」

「わかりました」

「アイビーもどうだ？　靴が窮屈《きゅうくつ》になったりしていないか？」

お父さんの言葉に、意識しながら数歩だけ歩いてみる。そういえば、確かに小指の部分が靴に当たっているな。紐を結び直してもう一度歩く。やっぱり小指の部分が靴に当たる。

「買い直したほうが良さそうだな」

私の表情で気付いたお父さんが、ルーベトさんに私のサイズ測定も依頼してしまう。もうちょっと履けると思うけど。

「靴で足を痛めると、旅がつらくなるから早めに対処したほうがいい」

お父さんの言う通りなので頷く。一人で旅をしている時は、無理をして小指の爪が割れてしまった事があった。劣化版のポーションで少し治しても、靴を履くと悪化する為かなりつらかった。なので靴だけは、安い物から探すが無理はしないようにしている。

「おすすめはこちらの五足となります」

ルーベトさんがおすすめだと持って来てくれた靴を見る。お姉ちゃんに三種類、私に二種類だ。どれも底の部分がしっかりとした作りになっている。

「お姉ちゃん、ちょっと履いてみたら？」

「履き心地も大切だからな」

私とお父さんから言われて、靴を履くお姉ちゃん。履いて歩いて、ちょっと驚いた表情をしている。

「すごく履きやすい。それに軽いの」

かなり気に入ったのか、興奮気味に歩き回るお姉ちゃん。ルーベトさんもその様子を見てうれしそうにしている。私もおすすめしてくれた靴を見る。手に取って、紐の部分や中を覗き込む。

「確かに軽いよ。お父さん」

お父さんに渡すと、手に持って微かに目を見開いた。今までの靴より明らかに軽い。

「お父さんも買ったら？　軽いほうが疲れにくいでしょ？」

「そうだな。これは替える価値があるな」

それにしても、今までのと軽さが違うのはどうしてだろう？　靴底を見ると、弾力性のある素材が目に付く。

「初めて見る素材だ」

私の言葉にルーベトさんが、靴底になっている素材だけを持って来てくれた。

「新しく見つかった洞窟に出る魔物からドロップする素材なんですよ。加工が少し大変なんですが、この村の職人たちが見事に活用してくれました」

「弾力が今までのよりありますね」

「そうなんです！　それのお陰で長く歩いても疲れにくいと評判なんです」

そうとう自信のある素材なのか、ちょっと声が大きくなる。それに驚いてるお姉ちゃん。ルーベトさんはそのお姉ちゃんを見て、ちょっと恥ずかしそうな表情をした。

「すみません」

ルーベトさんの言葉にお父さんと笑って首を横に振る。二足のうちの一足の値段を見てちょっと固まる。いつもの靴のほぼ一・五倍の値段。これは……。

「よしっ、これからの旅の安全の為にも皆で買おう。俺にもおすすめはありますか？」

慌ててお父さんを見るが、その表情を見て苦笑する。決定みたい。

「ありがとう。お父さん」

「私も、ありがとう」

「ふふっ。ほら服も、選ばないと俺が選ぶぞ」

お父さんの言葉に、慌ててお姉ちゃんと服を決める。お父さんに任せると、やたら可愛い柄を大量に選ばれる可能性がある。何とかお父さんには待っていてもらい、お姉ちゃんと服を選ぶ。選び終わると、すぐにルーベトさんが会計してくれた。

そういえば、魔石がいくらになったのか聞いていない。靴の値段もある為、かなり足が出た可能性がある。

「大丈夫？　魔石代だけで補える？」

「大丈夫。一個、追加で売ったから」

一個、追加？　それってもしかして、高レベルの魔石を一つ売ったという事かな？　あれ？　私とお姉ちゃんが選んでいない服が二枚、混ざっている。

「これ……」

「可愛いだろ？」

確かに可愛い。旅には絶対に不釣り合いだけど。ちらりとお父さんを見ると、満足そうな表情。決定みたい。

番外編　伯爵に仕える従者

―従者の視点―


緊急のふぁっくすを主人に見せる。その瞬間、テーブルの上に載っていたコップやお皿が床に叩きつけられた。あれをいったい誰が掃除をすると思っているのか。はぁ、主人は本当に自分を抑えるすべを知らないな。

「すぐに、ベルファたちを呼べ。すぐにだ！」

「早急に手配いたします」

そして頭が悪い。ギルドから目を付けられている暗殺者たちを屋敷に呼ぶなんて、ほんの少し考えればそれがどれだけ危険な事かわかる筈なのに。まぁ、貴族以外は生きる価値がないと考えているから見えていないんだろうな。屋敷にどれだけの目があるか。俺の様な従者やメイド。まさか全員が主人を敬っているとでも思っているのだろうか？

「……まさか、そこまで？」

長く広い廊下を歩きながら溜め息を吐く。前伯爵は良かった。しっかりと地に足をつけた領地経営をしていた。多くは望まず、でも確実に領地を繁栄させていった。今のあのバ……ごほっ。現伯爵が、事故を装って前伯爵を暗殺してからすべてが変わった。そう、すべてが悪い方向へと。まぁ、能力が足りない者が上に立ったのだから、しかたないと言えばしかたない。

王都の大通りを横に見ながら、目的の場所を目指す。様々な者が集う飲み屋「グル」。訳ありの者も多くいると噂の店だ。その噂のせいなのか、不意打ちで冒険者ギルドから何度か調査が入っている。が、店主の鼻が利くのかこの店から誰かが捕まった事はない。そう、奇跡的に一度も捕まった者はいない。その「グル」へ堂々と正面から入って行く。そして、店の中を見渡す。

「さすが」

この店に、ベルファたちがいる時間を教えてくれたメイドに感謝する。

「失礼。仕事の依頼をしたいのだが」

小声でベルファたちに声を掛ける。何度か依頼をしに来ている為、既に顔見知りだ。ベルファたちも俺の顔を見て、特に警戒する事はない。

「伯爵様か～」

リーダーのベルファがにやりと意地の悪い笑みを見せる。また高額な報酬を吹っかけてくるんだろうな。だが、そろそろ伯爵家の資産は底をつく。今回の依頼料が払えるかは……知った事ではないな。伯爵ががんばるだろう、きっと。たぶん。あっ、従者たちとメイドたちの給料を確保しないと。あのバ……ごほっ、あれの下でタダ働きなどごめんだ。

「大丈夫ですか？」

依頼を受けるのか、受けないのかどっちだよ。とっとと答えろ。

「しかたない、他の仕事もあるが伯爵にはいつもお世話になっているからな」

そうだろうな。金づるの仕事が一番優先だろう。まぁ、最後かもしれないが。その最後の報酬が支払われるかは、知らないが。

「ありがとうございます。では、裏の門を開けておきますので」

返事を聞かずに立ち上がる。外に向かいながら店内の様子を窺う、ギルドが捜している者たちが数名いるな。店を出ると小さく息を吐き出す。さすがに緊張する。しかし本当に、指名手配されているのに堂々と飲んでいるんだな。まぁ、何かあったら店主が助けてくれるからな。……今はまだ。

大通りを歩きながら、ふぁっくすに書かれていた内容を思い出す。もう少しお金を掛ければ、従者に内容を読まれる事もないのに。……まぁ、手間は省けていいけど。今回の依頼は教会から逃げた女性の暗殺だろうな。たった一人の女性を殺すのに、プロの暗殺者を雇うとは。しかもメイドの話では、女性を追うのは伯爵だけではないらしい。いったいその女性は何者なんだろう？

「まぁ、何者であったとしても、俺に出来る事はないんだけどな」

嫌な仕事だ。ふぁっくすには女性は森に逃げたとあった。もしかしたら、ベルファたちへ反撃出来る冒険者たちに助けてもらえるかもしれない。だから、最後まで諦めずに逃げてほしい。

「はぁ」

帰って伯爵の面倒を見ますか。

部屋に呼ばれたので行くと、ベルファたちがいた。まぁ、既に屋敷に入った事はメイドから聞いていたが。それにしても、私の前で堂々と女性の殺しを口にするとは。お酒の用意をしながら、溜め息を呑み込む。

「どうぞ」

テーブルに人数分のお酒の入ったコップを置く。傍には一枚の書類。ちらりと目をやると、契約書だった。

次からは好きに飲めるように、契約書の隣にお酒の瓶を置く。ざっとテーブルの上を見て、小さく頷く。ツマミもまだ十分あるし、問題なし。

「あははっ。ベルファたちに掛かれば、あの女の未来は既に決まった様なものだな」

「首でも持ってきますか？」

ベルファたちが機嫌よく酒を煽る。

「それはいいな。あはははっ」

胸糞悪い。

「では、失礼いたします」

感情を完璧に隠し、従者に似つかわしい表情で部屋を出る。廊下に出て、さっさと部屋から離れる。今の時間からだと、きっと朝方まで飲むだろう。朝になれば、ベルファたちはハタハ村へ向かう。

「お疲れ様」

声に視線を向けると、メイドがいた。

「あぁ、本当に疲れたよ」

「ベルファたちは何処へ？」

「ハタハ村みたいだ」

「そう……」

メイドの表情がいつもと違う。何かあったのだろうか？　俺は……不備はないよな。ここで失敗したら、本当の主人に怒られる。あの御方は怖いんだよ。

「問題か？」

「いえ、ハタハ村という名前を少し前に聞いた様な気がして……気のせいかしら？」

このメイドにしては珍しい。いつも完璧なのに。

城から隠れるようにして出発する一行が見えた。朝から嫌な物を見た。

「おいっ、ベルファたちからの連絡はどうした！」

「一昨日から連絡はありません」

「くそっ！」

本当にどうしたのだろう？　いつもなら一日に一回は、ふぁっくすが届く。そうしないと、伯爵が煩いからだ。もちろんベルファたちからだとわからないようにだ。

それが、三日前から途絶えている。とはいえ、まだ三日。もしかしたら不測の事態で村から離れている可能性もある。すぐにふぁっくすが届くだろう。

主人の部屋から出て廊下を歩く。従者たちとメイドたちの給料は確保出来た。まぁ、主人が隠している財産をちょこっと拝借する事になったが。あんなに隠しているとは思わなかったから、うれしい誤算だ。だから半分は残す事が出来た。半分あれば、今回の報酬はぎりぎり払えるだろう。

「お疲れ様です」

視線を向けるとメイドがいた。花瓶を持っているから水を入れ替えるのだろう。

「何か、手伝おうか?」

「もう一つ花瓶があるので、そちらを持って来てくれる?」

「わかった」

えっ、メイドが持っている花瓶の四倍の大きさなんだが……。

「これ?」

「はい。中の水をこぼさないように」

ふふっ、嫌がらせだろうか? ちゃんと給料を確保したのに……。

「何か?」

「いいや、くっ」

想像以上に重い。

「ふ〜、行こう」

並んで廊下を歩く。既に腕がぷるぷる震えている。何処まで運ぶんだっけ？

「ハタハ村に地下洞窟が発見されたんだって」

「うわ〜」

それはすごい。ハタハ村に冒険者たちが集まるだろうな。

「その地下洞窟内で、冒険者数名の消息がわからなくなっているんだって」

んっ？

「冒険者数名？」

ベルファたちは、伯爵が用意した冒険者としてハタハ村に入った筈だ。門で行われるマジックアイテムの調査をどう誤魔化すのか知らないが、無事に入ったとふぁっくすに書いてあった。まさかベルファたちが？　いや、それはないか。仕事中に地下洞窟に入るわけが……いや、周りを誤魔化す為に他の冒険者に声を掛けられたら一回ぐらいは付き合うか。だとしてもベルファたちは強いから、彼らではないな。

「何があったんだ？」

「それは不明みたい。考えられるのは、地下洞窟の魔物に殺されたか、他に原因があるのか……」

「地下洞窟の魔物……確かに特殊な魔物がいるらしいが……」

話で聞いただけだが、かなり特殊な力を持つ魔物もいるらしい。

「そうそう、消息がつかめない者たちの荷物が見つかってね。それから大騒ぎらしいの。何と全員が不正な冒険者カードを所持していたんだって。怖いわよね」

ん？　全員が不正な冒険者カードを持っていた？

「それって……」

地下洞窟の特殊な魔物でなく、他の原因で消息不明になったという事か。ベルファたちからは連絡が途絶えている。つまり、ベルファたちは……。

「そろそろここを引き上げる時期じゃないかしら？　だって冒険者カードを偽造したなんてばれたら……ね？」

つまりベルファたちは、もういない可能性が高いと判断されたわけか。

「消息不明者は何人なんだ？」

「一六人だったそうよ」

一六人！　冒険者カードが偽造だった事から、おそらく全員が女性の追っ手。しかし暗殺を生業にする一六人が一斉に消息不明？　何が起こったんだろう？　というか、巻き込まれない為にも、すぐにこの屋敷を出たほうがいいな。

「必要な物は？」

「すべて完璧に揃っているわよ」

「わかった」

今日中に。あっ、ベルファたちがいなくなったという事は隠し財産は必要ないんだ。給料の上乗せってありかな？　……ありだよな。だって、色々お手伝いしてきたんだし。

「今日の夜にね」

「あぁ」

「あの女性はきっといい人に助けられたのね。奇跡って無理やり起こさなくても起こるのね」

ちらりと隣のメイドを見る。あぁ、だから機嫌がいいのか。

「その水を捨てる時は注意してね」

メイドはそう言うと、黙って隣を歩く。前を向くと他のメイドが仕事をしている。……注意？

花瓶の中をのぞくと、底にキラキラした何かが入っている。

「これ……」

「被害者に届けたくて」

小さく聞こえたメイドの声。伯爵の被害者たちに届けるなら、きっとあの御方も許してくれるだろう。さて、これをどうやって……まぁ、何とかしますよ。隠し財産はこっちに足そう。給料のほうは既にちょっと上乗せしてあるから。

505話　自業自得だから

「おっ、いたいた」

ジナルさんの声に視線を向けると、手を振りながら走って来た。どうしたんだろう？　まだ地下洞窟にいる時間だと思うけど。

「早いですね」

「あぁ、ちょっと問題が起きて、冒険者全員が地下洞窟から退避したんだよ」

退避？

「何かあったんですか？」

お姉ちゃんが心配そうな表情でジナルさんに詰め寄る。それに少し驚いた表情のジナルさん。

「大丈夫だ。ちょっと冒険者が数名、行方不明になっただけだから」

それはちょっとの問題ではないと思うけど。それとも地下洞窟ではよくある事なんだろうか？

まぁ、普通の洞窟でも戻ってこない人はいるから、一緒か。

「何処かでお茶でも飲まないか？　さすがにバタバタして疲れた」

「近くに甘味屋があったけど、そこでいいか？」

お父さんが指すほうをジナルさんが見る。確か、団子屋さんだったかな？

「あぁ、とりあえず座って休憩したい」

お父さんとジナルさんのあとに続いて、団子屋さんに向かう。店の中はそれほど混んではおらず、すぐに座る事が出来た。団子を注文してしばらくすると、お茶と団子が出てきた。

「温かい団子なんですね」

お姉ちゃんがうれしそうに口に運ぶ。ジナルさんも気に入ったのか、すぐにお代わりを頼んでいた。速い、いつ食べたんだろう？

「ふ～、食べたな」

ジナルさんが満足そうにお茶を飲むのを苦笑しながら眺める。そりゃ、一〇本も食べたら満足するだろうな。

「それで、地下洞窟で何があったんだ？」

お父さんの質問に、ジナルさんが肩を竦める。

「さっきも言ったとおり、地下洞窟に入った冒険者数名の行方がわからなくなっているんだ。地下洞窟にかなり強い魔物がいるんじゃないかという話だ」

確か地下洞窟には特殊な力を持った魔物がいると言っていた。警戒していた魔物がいたって事か……。

「ジナルさん。他の二人は？」

ガリットさんとフィーシェさんはどうしたんだろう。怪我とかしてないよね？

「あの二人なら、飲みに行ったよ。無事だから安心していいぞ」

良かった。それにしても行方不明か、心配だな。

「早く見つかるといいですね」

「……そうだな」

あれ？　今何か間があった様な気がするけど……もしかして血痕とか残っていたのかな？　だとしたら既に……。

「あっ、そうだ。ドルイドやアイビーは冒険者ではないから関係ないが、冒険者カードの調査が入る事になりそうなんだ。だから村全体が、ちょっと騒々しくなると思う」

冒険者カードの調査？　初めて聞くな。

「なぜだ？」

「行方不明者の荷物が奇跡的に全員ぶん見つかったらしいんだが、偽造された冒険者カードがその中から見つかったらしい」

偽造された冒険者カード？　それって、門の所にあるマジックアイテムを誤魔化せるという事？

「おそらく今日の夜には村で噂になるだろうな。噂だが、村の中でも偽造カードが見つかったそうだから。それで、冒険者全員に調査が入る事になったみたいだ」

何だか大変な事が起こっているみたい。……巻き込まれないよね？　それにしても、地下洞窟で見つかった偽造の冒険者カードって追っ手の人の物かな？　そういえば、どうして彼らは仕事中なのに地下洞窟に行ったんだろう。そんなに地下洞窟って魅力的なんだろうか？　貴族の依頼を疎かにするほど……。

「あぁそうだ。見つかった冒険者の偽造カードだが、俺が前に話した連中が含まれているそうだ」

えっ、という事は追っ手の人たちの誰かという事だよね？　それは……見つからなくてもいいかな～。

「あのジナルさん。ちょっと訊きたい事が……」

やっぱり気になるから訊いておこう。

「どうした？」

「彼らはどうして地下洞窟へ行ったんですか？　仕事を疎かにしてまで」

そのお陰でお姉ちゃんの準備が整えられたんだけど、罠の可能性もあるのではと不安だったんだよね。

「目立たない為だろう」

お父さんが、ジナルさんを見ながら言う。あれ？　何だかお父さんの表情に呆れが浮かんでいる。

「そうだろうな。きっと誰かが行かなかったら目立つように仕向けたんだろうな」

目立つように仕向けた？

「地下洞窟は冒険者たちにとって夢だ。そこで大金を手に入れた者がいるからな。なのに、興味を示さないとなると異様だ。もちろん、仕事でこの村に来ている冒険者もいる。だから地下洞窟へはすぐに行けない者がいるのは当然。だが、その人数が一〇人以上となると目立ってしまうだろう。特に彼らは周りから見ると、数日何もせず気ままに過ごしていたように映っていただろうからな。冒険者は鼻の利く者も多い。目をつけられたら厄介だ。穏便に済ませるには、他の冒険者のように地下洞窟に興味がある態度をとるしかなかったんだろう」

なるほど。追っ手の人数が多い事が、裏目に出たんだ。でも、目立つように仕向けるって……そんな事出来るのかな？

「昨日の夜から、変な噂もあったしな」

「噂ねぇ」

お父さんが苦笑を浮かべる。

「あぁ、冒険者の中に偽物がいるって」

偽物……だから追っ手の人たちは地下洞窟に興味があるふりをしなくちゃ駄目だったのか。誤魔化す為に地下洞窟に行って、魔物に襲われるなんて……ちょっと……。自業自得だね。お姉ちゃんの命を狙っていたんだから、可哀そうとは思えないや。それにしても、これってジナルさんたちがそう仕向けたのかな？

「そうだ、噂に鋭い者たちは既に調査が入る事を知っていたかもしれないな。今頃後ろ暗い者たちは、慌ててこの村から出ようとしてるかも。まぁ、既に門には特殊な自警団員が待機していたから、速攻牢屋行きだな」

「自警団員？　早いな」

「誰かが何か助言したそうだよ。誰かは不明らしいけど」

間違いなく、ジナルさんたちが仕向けたんだ。地下洞窟で行方不明になったのも……まぁ、自業自得だからね。うん。それにしてもジナルさんはいい笑顔。そういえば、地下洞窟を見つけた時にかなりうれしそうだった。あの時に思いついたのかな？　すごいな。

「アイビーも、マリャも村の中にいても問題ないという事だな？」

お父さんの言葉にジナルさんが肩を竦める。

「俺に聞かれても、断定は出来ないがまぁ大丈夫だろう」

ちらりとジナルさんを窺うと、にこっと笑みを見せる。つまり、全員牢屋にいるって事なのかな？

「なら、宿を取るか」

お父さんの言葉に頷く。大丈夫なら、ちゃんと休んだほうがいいもんね。

「宿なら、俺たちと一緒の所でどうだ？　安くて風呂があっていい所だぞ」

お風呂！　ジナルさんの言葉に勢いよく頷いてしまう。

「何処だ？」

お父さんがジナルさんから宿の位置を聞いている。大通りを二本奥に入った場所か。

「ジナルたちと一緒でいいか？」

「うん。お姉ちゃんもいい？」

「もちろん」

「決定だな」

ジナルさんが立ち上がる。

「でも、部屋は空いているかな？」

「朝に確認した時は空いていたから、問題ないだろう」

朝には、宿が取れる状態にする予定だったという事かな？　お父さんが苦笑しちゃった。

「部屋は二人部屋が二つでいいのか？」

あっ、お姉ちゃんが一緒になってから初めての宿だ。

「そうだな。俺とアイビーでマリャかな？」

ん？

「ドルイド。アイビーとマリャでドルイドが一人だろう」

「……そうか」

何だかお父さん落ち込んでいる？

「三人部屋はないんですか？」

「あるけど……」

ジナルさんがお姉ちゃんを見ると、お姉ちゃんは不思議そうにジナルさんを見つめている。

「まぁそうだな。それのほうが安心出来るか」

「はい。皆が一緒のほうが安心なので」

お姉ちゃんの言葉に頷いたジナルさんは、ポンとお姉ちゃんの頭を撫でた。

「わかった。ドルイドたちもそれでいいか？」

お父さんと私が頷くと、部屋を取る為に宿へ向かう。

「そういえば、買い物は終わっているのか？」

服と靴を買ったから、特に必要な物はない筈。

「終わっているよね？」

「そうだな。…………いや、マリャのマジックバッグがほしいな」

あっ、お姉ちゃん用のマジックバッグか。予備は一個しかないから足りないよね。その一個も容量が少ないし。

「マジックバッグか。宿に行く途中にアイテム屋があるけど、寄って行くか？」

ジナルさんの言葉に、寄り道をしてから宿に向かう事が決定した。

506話　少しのんびり

マジックバッグを持ってうれしそうにするお姉ちゃんに笑みが浮かぶ。

「お姉ちゃん、そんなに気に入ったの？」

服の時も靴の時も本当にうれしそうに笑うな。

「自分の物が出来ると、ついうれしくなっちゃって」

「そっか」

お姉ちゃんがうれしいならそれでいいや。そういえば、これからどうするんだろう？　まだ、決めてないのかな？

「取れたぞ」

お父さんが部屋の鍵を持って、私たちのほうへ来た。

「一番上の部屋だ」

一番上？　一番上ってかなりいい部屋だよね？

「お金は大丈夫？」

お父さんの袖をちょっと引っ張る。

「大丈夫。朝ごはんはつくけど夕飯はなし。選べないから宿代が安いんだ」

そうなんだ。確かに夕飯付きが選べない宿屋は初めてかもしれない。

「あと、シーツの洗濯も各自でしてほしいらしい」

「えっ？」

シーツを自分たちで洗う？

「店主と奥さんがケンカ中で、奥さんが実家に戻っているらしい」

お父さんの言葉に唖然とする。まぁ、店主さんにも色々あるからね。ケンカ……実家……宿を開いていて大丈夫なのかな？

「そうなんだ、早く……仲直り出来るといいね」

それ以外にどう言えばいいのかわからない。部屋は広くテーブルやソファが置いてある。この広さがあれば、ソラたちも少し遊べるね。

肩から提げていたソラたち専用のバッグを開ける。勢いよく飛び出してくるソラたち。

「皆、今日はこの部屋に泊まるから、いい子にしてね」

お父さんを見ると頷いてくれた。

「マジックアイテムで声が漏れないようにしたから、声を出しても大丈夫。ただし、大きな声は駄目だよ」

「ぷっぷぷ～」

「てりゅ」

「ぎゃっ」

「にゃうん」

「ぺふっ」

何だか順番に鳴かれると、シエルがすごく普通に聞こえる。スライムとしてはあれだけど。

「アイビー、お風呂に行かない？」

お姉ちゃんがワクワクした表情で私を見る。

「そうだね。そういえば、お風呂の時間は何時だろう？」

「決まっているの？」

「宿によって違うんだ」

「そうなんだ」

ちょっと残念そうなお姉ちゃん。教会ではお風呂に入れていたのかな？　……訊かないほうがいいよね。

「お父さん、お風呂の時間は聞いた？」

奥さんがいないと色々大変だろうな。

「男湯と女湯、両方とも一五時から二二時までだ」

一五時は過ぎているから、入れるみたい。

「お姉ちゃん、お風呂大丈夫みたいだよ」

私の言葉に、お風呂の準備をするお姉ちゃん。私も自分の準備をするとお父さんに声を掛けてからお風呂に入りに行く。一階に降りると、この宿に泊まっている冒険者たちの姿が見えた。少し緊張する。ジナルさんが大丈夫と言ったので、大丈夫なんだろうが絶対ではないだろうし。この中に追手がいる可能性もゼロではないだろう。

「おっ、こんにちは」

一人の冒険者が私たちを見て声を掛けてくる。お姉ちゃんがちょっと緊張した面持ちで小さく頭を下げる。

「こんにちは」

「昨日はいなかったよな？」

どうしよう。この人が敵か味方かわからない以上、余計な事を言わないように気を付けないと。

「今日からこの宿にお世話になります」

「そうなんだ――」

ばこっ。

あっ、痛そう。目の前の冒険者が頭を押さえて後ろを振り返る。

「何を怖がらせているんだ。悪いな。ほら、行くぞ」

仲間だろうか？　頭を叩いた事を怒っている冒険者を無視して、引きずって行ってしまう

「何だったんだろう？」

「さぁ？」

警戒したほうがいいのかな？　一応、あとでお父さんに話しておこう。

お風呂を出て部屋に戻ると、ジナルさんがなぜかトロンと睨めっこをしていた。いや、違うな。見つめ合っていた？

「仲良くなったんですね」

「何処が？　何かすごい嫌われているんだけど？」

えっ？　トロンが？　ジナルさんとトロンを見る。じっとお互いに目を合わせて……まぁ、ちょっと雰囲気がギスギスしてるけど。

「どうしてでしょうね？」

「ジナルさん、何かしたんですか？」

お姉ちゃんの言葉に、ジナルさんは首を横に振る。

お父さんの言葉にお姉ちゃんと首を傾げる。何がおもしろいの？　そう思ってジナルさんとトロンを見る。

「おもしろいぞ」

「見とけよ」

ジナルさんはそう言うとトロンに手をそっと出す。すると素早くトロンが足でジナルさんの手を叩き落とす。それも結構な速さで。

ばしっ。

「いてっ」

「うそっ！」

トロンの初めての攻撃。いや、カリョを枯らしたのも攻撃なのかな？　あれは、食事か。やっぱり、初めての攻撃だ。

「トロンって足で攻撃するんですね」

私がちょっと喜んでいると、ジナルさんが納得出来ないという表情をした。えっと？

「俺が攻撃されているのに、うれしそうにされた」

あっ！　えっと……。「大丈夫ですか？」なんて今更だしね。

「トロンの攻撃、可愛いですよね」

私の言葉にお父さんが噴き出し、ジナルさんに唖然とされた。だって、小さい木の魔物が一生懸命足を伸ばして攻撃するんだよ？　可愛い過ぎる。

「まぁ、可愛いと言えば可愛いのか？　いや、結構な攻撃力なんだぞ。ほらっ」

ジナルさんの手の甲には二本の攻撃された痕。赤く腫《は》れ上がっている。まあまあ痛そうだ。それにしても、なんでトロンがジナルさんを攻撃したんだろう？

「トロン、ジナルさんが嫌い？」

トロンが首を傾げる。あれ？　嫌いではないらしい。そっと手を出すが、もちろん攻撃する事なく掌《てのひら》に乗ってくる。落とさないように持ち上げて、目の前に持ってくる。こうやって、持ち上げる事が出来るのはいつまでだろう？　ゆっくりのんびり成長してほしいな。

「嫌いじゃないみたいですよ？」

「……そうみたいだな」

ジナルさんが不思議そうにトロンを見る。嫌いではないのに攻撃？

「何かトロンの気に障る様な事を言ったんじゃないですか？」

私の言葉にトロンが何度も頷く。正解だった様だ。

「え～、何を言ったっけ？」

ジナルさんがお父さんを見るとお父さんが考え込む表情をする。

「あっ！」

何か思い出したのか、お父さんがジナルさんを見る。

「『木の魔物は人を襲う事しか出来ないだろ』と言いながら部屋に入ってきた」

その言葉にトロンがジナルさんを睨む。なるほど、それに怒ったのか。

「それはジナルさんが悪いですよ」

「え～、いや、だって……俺の知っている木の魔物と言えばそうだったからな」

ジナルさんが困ったように頭を掻く。まぁ、一般的な木の魔物の印象だよね。私もトロンに出会う前は、そう思っていたし。まぁ、私の場合は襲われたからなんだけど。

「トロンはしっかり役に立ってくれてますよ。カリョの花畑を時間を掛けずに枯らしてくれたし。木魔病の木を一瞬で枯らしてくれたし」

枯らしてばかりだけど、すっごく役立つんだから。私の言葉に驚くジナルさん。

「えっ、カリョの花畑ってハタル村で見つかった広大な花畑の奴か？」

「たぶんそうだろう」

お父さんの言葉に頷く。カリョの花畑があちこちにあったら驚く。

「それに木魔病……そうか。トロン悪いな。知らなかったとはいえ」

「ぎゃっ、ぎゃっ」

うれしそうに鳴くトロン。どうやらジナルさんを許した様だ。それにしても、ジナルさんの手の甲を見る。

「ジナルさん、その手の甲――」

ぱく。

しゅわ～。

「「「あっ」」」

ソラがジナルさんの手を食べて吐き出すと、腫れは綺麗になくなっていた。皆、自由過ぎない？

507話　味見は大切です

宿の店主に調理場を借りて、ジナルさんが料理を作っている。私が作っている所を見て、久しぶりに腕を振るいたくなったらしい。でも、お姉ちゃんと調理中の後ろ姿を眺めているとちょっと不安を覚える。久しぶりだからなのか、ちょっと手元が怪しい。

「大丈夫かな？」

「……大丈夫でしょう」

お鍋の味見をして首を傾げているけど、きっと大丈夫の筈。

「あれ？　アイビー？」

少し前から感じていたガリットさんの気配。後ろを振り向くと、食堂に顔を出すガリットさんと視線が合った。

「お帰りなさい」

「おぅ。何をやっているんだ？」

私たちが覗いていた調理場を横からガリットさんが覗き込む。中にいるジナルさんを見て、ちょっと驚いた表情をした。

「今日の夕飯はジナルさんが作ってくれるそうです」

お姉ちゃんの言葉に、ガリットさんが小声で。

「あいつの料理は時々すごく外すからな」

外す？　ガリットさんを見ると、肩を竦めた。

「大体は、まぁまぁな味なんだよ。それが一〇回に一回ぐらい、なぜか失敗する。そしてその失敗した時の味が、五回に一回ぐらいすごく不味い」

一〇回に一回？　それは多くないかな？　それにすごく不味いってどんな味だろう。食べられるかな？

「今日はどっちだろう？」

お姉ちゃんの表情が心配そうに、ジナルさんの背中を見つめる。

「見た目や匂いではわからないよ。食べるまで」

……すごく不安になってきた。今からでも手伝ったほうがいいかな？

「そろそろ出来るぞ」

ジナルさんの言葉に遅かった事を知る。今日が失敗する日ではありませんように！

「おっ、ガリットか。お前も食うだろ？」

「いや、俺は。食べて来たし」

ガリットさんが首を横に振る。

「いいから少し食えって、今日はうまく出来たから」

ジナルさんの言葉にホッとする。その様子を見たジナルさんが苦笑を浮かべた。

「何だ、ガリットから聞いたのか？」

「はい。だからちょっと心配でした」

私の言葉にお姉ちゃんが頷く。その様子を見ていたガリットさんが笑って、ジナルさんの肩を叩く。

「今日は大丈夫なんだ？」

「あぁ。アイビーたちが食べるから、ちゃんと味見した」

ん？　それってどういう意味？

「……お前、俺たちだけの時は味見しないのか？」

ガリットさんの言葉にジナルさんが当然のように頷く。それに溜め息を吐くガリットさん。

「どうしたんだ？」

お風呂に行っていたお父さんが食堂に入ってくると、私たちを見て首を傾げた。

「あっ、いい所に。ちょうど完成したんだ」

ジナルさんがうれしそうに、料理の入ったお皿を持って食堂に入ってくる。野菜炒めかな？

「うまそうだな。アイビー、ガリットはどうしたんだ？」

項垂れているガリットさんを見て、お父さんが小声で訊いてくる。席に移動しながら、ジナルさんの料理の話をするとお父さんがガリットさんの肩を叩いた。

「あいつ、時々新しい料理を思いついたとか言って、作っていたんだが……まさか味見してないとはな」

「それほど不味い事もないだろ？」

ジナルさんの言葉にガリットさんが、ジナルさんを睨む。

「本当に食べられない時があるだろうが！」

ガリットさんの言葉に肩を竦めるジナルさん。全く反省している様子はない。これからもきっと味見はしないんだろうな。

「「「「いただきます」」」」

野菜炒めは白パンに挟んで食べるので、机の上に大量の白パンが載っている。さすが稼いでるだけあるよね。白パンを買う数がすごい。

「おいしい」

お姉ちゃんの言葉にジナルさんが、うれしそうに白パンに具を挟んで食べる。私も一口食べると、確かにおいしい。ちょっと濃いめの野菜炒めが、白パンに合う。

「あっ、ジナルさん」

食堂の入り口を見ると、お風呂に行く時に話しかけてきた男性を引きずって行った男性がいた。ジナルさんの知り合いだったのか。

「あっ」

なぜか私たちの姿を見て、立ち止まると視線が泳いだ。何だろう？

「どうしたんだ？」

ジナルさんの声に、男性が小さく頭を下げる。

「えっと……地下洞窟の事が訊きたくて、時間がある時に話を訊けますか？」

「あぁ、いいぞ。当分は出入りが出来ないだろうが、情報はなるべく多く知っておいたほうがいいだろうからな」

「はい。時間が出来たら連絡してください」

男性が頭を下げて、食堂から出て行く。何となく違和感を覚える。どうも取って付けた様な会話に思えた。ジナルさんを見ると、作った料理を豪快に食べている。気のせいかな？

「ドルイド、旅の準備はどれくらいで終わる？」

ガリットさんを見ると、真剣な表情でお父さんを見ている。

「必要な買い物は既に終わっている。明日でも出発は出来るが……食料調達の時間がほしいな」

確かに、マジックバッグにはまだ調理済みの物があるけど、次の村に着くまでになくなってしまう。

「そうか。明日と明後日あれば問題ないか？」

「あぁ。どうしたんだ？」

お父さんとジナルさんがガリットさんを見る。

「ちょっと気になる噂を耳にしたんだ。だから、いつでも出発出来るようにしておいたほうがいい」

噂？

「どんな噂だ？」

ジナルさんの言葉にガリットさんの眉間に深い皺が寄る。

「教会が育てた暗殺者が、この村にいるんじゃないかっていう噂だ」

ガリットさんの言葉にお姉ちゃんの動きが止まる。

「マリャ、大丈夫だ。ただの噂の可能性が大きい」

ジナルさんがお姉ちゃんの肩をポンポンと軽く叩く。

「そうなんですか？」

お姉ちゃんは不安な表情でガリットさんを見つめる。

「あぁ、教会関係者は極秘《ごくひ》裏で動けるのに、噂になる事自体がおかしい」

ジナルさんが不審気にガリットさんを見る。

「確かにそうなんだが、今日の午後からいきなりその噂が村に出回ったんだ」

「それって操作されているんじゃないか？」

お父さんの言葉にガリットさんが頷く。

「だから気を付けたほうがいい。誰が何の目的でこんな馬鹿な噂を流すのか。下手をすれば教会に目を付けられる」

何だか話がややこしくなってきているな。とりあえず、この村には長居しないほうが良さそう。元々準備が整ったら、出発する予定だったから問題はないか。

「お父さん、明日中に準備を終えて明後日には出発しようか」

「そうだな」

予定が決まってジナルさんたちを見ると、ちょっと思案している様子。

「明日中にこの噂を調べてみるから、少し待ってくれ」

「わかった。悪いな」

お父さんの言葉にジナルさんがにやりと笑う。それにお父さんが首を傾げる。

「マリャには悪いが、楽しんでいるから気にするな」

その言葉にお父さんが少し目を見開いた。でもすぐに苦笑に変わる。

「そうか」

「あぁ」

夕飯を食べ終わると、それぞれ部屋に戻る。ガリットさんは、何処かで酔いつぶれているフィーシェさんを回収しに行った。ジナルさんは朝早くから動く予定らしく、もう寝ると言っていた。

「ジナルたちは明日の夕飯頃に戻ってくるそうだ」

最後までジナルさんと話していたお父さんが部屋に戻ってくる。

「わかった。ジナルさんたちに、何か作っておくね」

「そうしようか」

さっきのジナルさんの言葉は、きっと私たちが気にしないように言った言葉だろう。お姉ちゃんを見ると、ほんの少しほっとしているのがわかる。巻き込んだ事を気にしていたからね。それにしても、教会が育てた暗殺者。本当なのかどうかはわからないけど、怖いな。

508話　生まれた場所

調理場を借りられたので、何を作るかお姉ちゃんと考える。お父さんは、朝から食材の調達に行ってくれた。

「アイビー、私……名前を変えて町に住もうと思うの」

「えっ？」

つまり旅を一緒には出来ないって事？

「私の体力では、さすがに旅を続けるのは無理だなって思って」

「それは……」

旅を続ければいずれ体力はつく。でも、それはすぐにではない。確かにお姉ちゃんにはつらいかもしれない。

「お姉ちゃんが出した答えなら賛成する。でも、私たちに迷惑だとか思って出した答えなら反対する」

「ありがとう。私が今出来る事は何か、したい事は何かを考えて出した答えだから」

「そっか。何処か行きたい町があるの？」

「オール町に行きたいの」

えっ！　オール町？

「どうして？」

私の質問に、お姉ちゃんがふわりとうれしそうに笑う。

「お父さんとお母さんが一緒だった時の事を思い出したの。忘れたと思ったけど、忘れてなかった。それで思い出した事があるんだけど、オール町は私や両親が生まれた場所なの」

「……その町は、お父さんの生まれた町だよ。お父さんの両親や兄妹もいる所」

「えっ！　うそ！　本当に？」

「本当」

「「…………」」

お姉ちゃんと少しの間、唖然として見つめ合う。こんな偶然があるんだ。まさかお姉ちゃんが、お父さんの生まれた町の出身だったなんて。すごいな。あっ、オール町ならおじいちゃんたちもいるし、それに師匠さんもいる。ギルマスに事情を説明して、守ってもらえる。かなり安心かもしれない。

「ただいま……どうしたんだ？」

お父さんが、調理場に入ると首を傾げて私とお姉ちゃんを見る。

「お父さん、お姉ちゃんが名前を変えてオール町に住みたいって」

「えっ！」

お父さんもさすがに驚いたのか、私とお姉ちゃんを交互に見る。事情を説明すると、驚いた顔のまま、お姉ちゃんを凝視した。

「まさか、同じ町の出身だとは……」

お姉ちゃんの希望は聞いたけど、どうしたらいいかな？　一度オール町にお姉ちゃんを送り届ける？　誰かにお願い出来ない問題だから、そうなるよね。

「両親の名前は思い出した？」

お父さんの質問にお姉ちゃんは首を横に振る。

「お父さん、お母さんと呼んでいたから」

「そうか。しかしすごい偶然だな」

「そうだよね」

お父さんからマジックバッグを受け取り、中から食材を出す。お願いした物はおおむね揃った様だ。

「でも、寂しくなるな」

確かに、ずっと一緒に旅をするものだと思っていたからな。

「そう言ってくれるとうれしいな」

それぞれの料理に合わせて野菜やお肉を切っていく。お父さんとお姉ちゃんがいるので、すべてが早い。

「アイビー、気に入っている料理の作り方を紙に書いてもらえないかな？」

「もちろん、いいよ」

「ありがとう」

お姉ちゃんの好きな料理を聞き、とりあえず料理名だけ紙に書く。あとで作り方をなるべく丁寧に書こう。

「ドルイド？」

調理場にランジさんとエガさんが顔を出した。

「あれ？　どうしてここに？」

「この宿に入って行く姿が見えたから、追いかけてきた。俺たち数日後に、ここを出発するから挨拶しておこうと思ってな」

ランジさんが、並べられている野菜の量を見て首を傾げる。

「宿の手伝いか？」

「いや、旅に持っていく為の準備だよ」

「あぁ、調理済みで持っていくのか。以前はがんばったが、面倒になってやめたな」

ランジさんが興味深そうに、作った料理を見ている。どうも、食べたそうに見える。じっと見ていると、視線に気付いたのかばつの悪そうな顔になった。

「別に盗み食いはしないから」

「えっ！　いえ、そうではなくて……」

何でいきなり盗み食い？

「気を付けろよ。ついつい手が出てしまったという言い訳を何度聞いたか」

エガさんが呆れた声で、ランジさんを出来た料理から引き離す。なるほど、前科ありか。

「簡単な物ならすぐに作れるので、食べますか？」

あと少しでお昼の時間だから、お腹が空いているのかな。丼物なら、人数が増えてもすぐに作れるし、あと少しでご飯も炊ける予定。あれはおにぎり用で炊いたけど、お米は余裕があるからまた炊けばいいしね。

「いいのか？」

ばごん。

「今食ったばかりだろうが！　アイビーも気にしないでくれ」

ランジさんの頭を思いっきり殴ったエガさん。お姉ちゃんがちょっと引いている。

「相変わらずだ」

お父さんが、苦笑を浮かべて二人を見る。エガさんが呆れた表情でランジさんを見て、

「いつまでたっても食い意地だけが落ち着かない」

「おいしい物を食べたら幸せになれるだろう？」

「確かに」

あっ、ついつい賛同してしまった。ランジさんがうれしそうに私を見る。それに、ちょっと笑ってしまう。

「そうだよな？　ほら見ろ！　アイビーは俺の味方だ」

いや、味方というわけでもないけどな。

「はぁ、悪い。材料が足りなくなったら買ってくるし。手間代も払うから」

エガさんが、溜め息を吐きながらお願いしてくる。それに首を横に振る。

「問題ないですよ。お父さんが多めに買ってくれたので」

お父さんを見ると、頷く。

「さすがドルイド。少しでいいんだ。一人前で」

一人前？

「大盛――」

「おいっ！」

ランジさんの言葉に、エガさんの言葉がすぐに飛ぶ。

「……普通で」

肩を竦めたランジさんに、つい笑みが浮かぶ。

「わかりました」

お肉と野菜とお鍋を準備して、ご飯はあと少しで炊けるからそれまでに作っちゃおう。

「ドルイド、オール町にモンズはいるかな？」

エガさんの質問にお父さんが首を傾げる。

「いるけど、なぜだ？」

「商家から護衛の依頼があってオトルワ町に行くんだけど、仕事が終わったら隣のオール町にモンズの顔でも見に行こうかという話になってな。ドルイドに久しぶりに会ったら、会いたくなってさ」

「商家か……オール町まで……」

エガさんの話に、お父さんが考え込む。きっとお姉ちゃんの事だよね。でも、本当に大丈夫なのかな？

「どうした？」

「商家の護衛なら馬車移動だよな？　馬車に空きがあったりしないかな？」

馬車移動か、それは魅力的かもしれない。オール町まで遠いからね。お父さんの質問に不思議そうな表情のエガさん。

「余裕はかなりあるぞ。運ぶの人だし」

人？

「どういう事だ、人を運ぶって……」

「花嫁だよ。ハタハ村からオトルワ町の商家に嫁入り。旦那になる人が王都で修業をしている時に、たまたまこの村に買い付けに来て一目惚れしたんだと。三年かけて旦那の親を説得して、今年の秋に結婚式を挙げるらしい。で、二日後にこの村から旦那のいるオトルワ町に出発するというわけなんだよ」

花嫁さんなんだ。エガさんの説明に、お父さんが驚いた表情を見せる。

「旦那が迎えに来ないのか？」

「その予定だったそうだが、仕事中に階段から滑り落ちて足を骨折したらしい」

運がない人だな。

「それでも迎えに来ようとしたそうなんだけど、花嫁が怪我が悪化したら大変だから待っていてほしいと言ったらしい」

ランジさんが、苦笑を浮かべて続ける。

「旦那は大丈夫と駄々をこねたらしいけど、花嫁と旦那の親にかなり説得されたそうだよ」

三年説得してようやく結婚出来るのに骨折。かなり悔しいだろうな。

「ランジたちに依頼がきたのは何でだ？　二人とも商家からの依頼を受けているのは知っているが、商品の護衛が主だろう？」

「そうなんだけど、旦那の親と俺たちが知り合いなんだよ。大切な花嫁を知らない者には託せないから頼むって。まぁ今回だけ特別って事で依頼を受けたんだよ」

エガさんがちょっとげんなりした表情を見せる。それに首を捻《ひね》ると、

「最初は断ったんだけど、しつこくて、しつこくて」

三年かけて結婚を認めさせた旦那さんの親だけはあるって事かな？

509話　ぴりぴり

「お父さん。本当に大丈夫？」

オール町に行けば安心だけど、お姉ちゃんは様々な貴族に狙われている。見つかったりしてしまったら、お父さんの家族に迷惑が掛かってしまう。もし、そんな事になったら……。

「大丈夫、家族は巻き込まないから」

「そうなの？」

それが一番だけど。どうするんだろう？

「マリャについては、師匠にすべてを預ける事にするよ」

「師匠さんに？」

だったら安全な気がする。

「師匠は既に数名マリャみたいな人の保護をしているから。今更一人増えても問題ないだろう」

他にもいるの？

「その人たちも貴族関係で？」

「あぁ、金と権力があると道を踏み外す者は多いんだ」

お父さんの呆れた表情に、何も言えなくなる。私が知っている貴族は、フォロンダ領主。あっ、今は犯罪奴隷に落ちたけどファルトリア伯爵がいた。彼は権力とお金におぼれた貴族でいいよね。という事は二分の一……確かに踏み外す人は多い。なんて、知っている貴族が二人だけだからしかたないか。半分……まさか、そこまでは多くないよね？

「それで俺たちの馬車に空きがあるか聞くって事は、何か積んでほしいのか？」

ランジさんが目の前にある、串焼きを口に運ぶ。あっ。

「おい、ランジ。それっ」

「えっ？　……あっ、悪い」

本当に無意識だったのか、ランジさんが手に持っている物を見て気まずそうにする。

「どうぞ」

「悪い……うまい」

苦笑いしたランジさんは、どうやら串焼きを気に入った様だ。表情が一変して、おいしそうに食べている。

「はぁ、手癖が悪い」

エガさんがランジさんを見張るように立ち位置を変えたので苦笑してしまう。急いでお昼を作ってしまおう。調理台の上に、お父さんが何かを載せたので見ると、会話を聞かれないようにするマジックアイテム。お父さんが起動のボタンを押すと、エガさんとランジさんは少し表情を引き締めた。

「女性を一人、オール町に運んでほしいんだ。目的地は師匠まで」

お父さんの言葉にランジさんとエガさんが小さく頷く。

「ドルイドの頼みだからな、もちろん運ぶよ。しかしそんな物まで使うという事は、訳ありなんだろうな。まぁ、事情は聞かない。何処かで尋問された時に、知らないほうが隠せるからな。モンズまででいいんだな？」

「ありがとう。師匠までで頼む」

お父さんの返答にエガさんが思案顔になる。

「面倒事は別に構わないんだが……人となると誰にも知られないように移動するのは無理だな。どうするか……」

エガさんが、ランジさんの手を叩きながら呟く。どうやら二本目に手が伸びていたみたい。油断も隙もないな。

「あぁ、出来るか？」

「……そうだ！　花嫁の面倒を見る人を雇う予定だったから、それをその女性という事にしよう」

エガさんの言葉にランジさんが頷く。

「そうだな。その女性は、冒険者ギルドか商業ギルドに登録しているか？」

「いや、していない」

お父さんの言葉にホッとした表情をするランジさん。

「良かった。登録していたら、門にあるマジックアイテムが反応する事があるからな。極秘で移動したくても、それで行き先がばれる事があるんだ。登録がないならその心配はないな。今回の依頼は商業ギルドからの指名依頼だ。個人的にもう一人雇ったとしても、問題になる事はない」

ランジさんの言葉にエガさんが頷く。どうやら、問題なくオール町までお姉ちゃんを運んでくれる様だ。しかも、仕事付き。これならお姉ちゃんも、気兼ねなく馬車に乗る事が出来る。エガさんたちを本当に信用出来るのか、ちょっと不安はあるけどソラが全く反応していない。ちょっとバッグを覗いたけど、しっかり起きていた。なので、大丈夫なんだろう。

「おっ、ここにいた……誰だ？」

不意に聞こえたフィーシェさんの声に視線を向けると、エガさんとランジさんを不審気に見ている。お父さんが調理台の上にあるマジックアイテムの起動を止める。

「フィーシェさん、おはようございます」

私の言葉に、フィーシェさんがちらりと私を見て小さく手を挙げた。でも、エガさんたちに対する警戒を解いていない。どうしたんだろう？

「ドルイド、彼らは？」

「知り合いだ。彼らは問題ない」

「……そうか」

あぁ、あの表情は信じていないな。お姉ちゃんの事があるから警戒しているのかな？

「それで彼らはどうしてここに？　それに……」

フィーシェさんが調理台にあるマジックアイテムを見る。確かに知り合いと話すだけなら、会話を漏らさないマジックアイテムを起動させるのはおかしい。お父さんがエガさんたちに視線を向ける。彼らが頷くのを見て、再度マジックアイテムを起動させた。

「マリャが、とある所で定住すると決めたんだ。だからそこまでの護衛を彼らに頼んだ所だ。彼らは昔からの知り合いで信用出来るから大丈夫だ」

お父さんが説明するが、納得した様子を見せないフィーシェさん。

「そうか……しかし、本当に信用出来るのか？」

フィーシェさんがエガさんたちを睨みつける。

「我々が信用出来ないと？」

「あぁ」

エガさんの質問に、はっきりと答えるフィーシェさん。どうもフィーシェさんが最初からケンカ腰だ。いつもと雰囲気が違い少し怖い。

「おっ、いたいた。気配はあるのに、静かだから何かあった……誰だ？」

ジナルさんの声に調理場の入り口を見るとジナルさんとガリットさんの姿が見えた。ジナルさんたちは、エガさんたちを見ると不審気な表情をした。うわ〜、フィーシェさんと同じ反応だ。お父さんが小さく溜め息を吐いて、マジックアイテムの起動を止めた。それを見たジナルさんたちの表情が、少し険しくなる。

「お昼にしませんか？」

ジナルさんたちが何か言う前に、提案をする。だって……お腹空いた。お姉ちゃんもお腹が空いているのか、出来上がった丼の具を見つめている。少し前にご飯も炊けている。これは食後にゆっくり話をしたほうがいい……たぶん。

「お昼」

反応したのはランジさんで、呆れた表情を見せたのはお父さん。エガさんとジナルさんたちは、ちょっと驚いた表情を見せた。

「お腹が空いていては、いい話し合いが出来ないですよ」

私の言葉に、お父さんとお姉ちゃんがお昼の用意をする。

「ジナルさんたちも食べますか？」

私の勢いに、ちょっと戸惑ったジナルさんたち。再度聞くと「食べる」と返事が返ってきた。深めのお皿にご飯を入れて、六の実を溶いて乗せた具をそれぞれご飯にかけていく。旅に持っていくつもりで大量に作ったけど、なくなってしまった。まぁ、牛丼風は簡単に作れるからいいけど。

「「「いただきます」」」

全員分を配り終わり、冷めないうちに食べ始める。釣られたように、ジナルさんたちもエガさんたちも食べ始めた。

「うまいな」

エガさんの言葉に、笑みが浮かぶ。誰かにおいしいと言ってもらえるのは、本当にうれしい。

ちらりとジナルさんたちを見る。どうもピリピリしている。エガさんたちも少し緊張している様子が窺える。もしかして知り合いなんだろうか？　そして仲が悪い？　お父さんと視線が合うと肩を竦めた。もしかして、原因を知っているのかな？

510話　裏の噂

「お茶をどうぞ」

　ジナルさんたちとエガさんたちが向かい合って座っている。息苦しくなるぐらい、緊張感が漂うのはどうしてだろう？

「ジナル。彼らは大丈夫だ」

「ドルイド、彼らは……いや、何でもない」

　ジナルさんは、エガさんたちの事を知っているみたいだな。それで警戒しているという事は、何かあったのかな？　でも、エガさんたちはジナルさんたちの事を知っているようには見えないけど……。ん～、わからない。

「エガとランジは俺と契約をしているんだ。だから絶対に俺を裏切る事はない」

「「「はっ？」」」

　お父さんの言葉にジナルさんたちが、唖然としてお父さんとエガさんたちを見比べる。それに肩を竦めるエガさんとランジさん。

「裏切る事がないって、どんな契約を？　だってこいつら……」

「これですよ」

エガさんが二枚の紙をマジックバッグから取り出す。

「エガ、持ち歩いているのか？」

「たまたまです」

お父さんが不思議そうに言うと、エガさんが苦笑する。ジナルさんたちが二枚の契約書を見て、固まる。どんな契約なんだろう？

「アイビー、お鍋のお湯が沸騰しているよ」

あっ、料理中だった。ジナルさんたちの事はお父さんに任せて、旅に持っていく料理を作っていたんだった。お姉ちゃんと別れる事が決まったから、お姉ちゃんに持って行ってもらう料理も一緒に作っている。すぐに食べられる物があると何かと便利だからね。

「契約……重ねて……から……問……」

ところどころ会話が聞こえてくる。ちらりとお父さんたちのほうを見ると、緊張感が薄まっているのがわかる。良かった。どんな契約なのかは知らないけど、ジナルさんたちの警戒心を落ち着かせる事が出来たみたい。

「ちょっと怖かったね」

お姉ちゃんが、お肉を切りながら小声で言う。先ほどのジナルさんたちの事だろう。

「上位冒険者の威圧だからね」

場数を踏んでいる彼らの威圧は、私たちには怖い。でもそれは、私たちを心配しての事。

「私たちの為だからね」

「うん。わかっているよ」

お姉ちゃんは、ちゃんとわかっているようで安心する。私たちの為にしてくれた事で、怖がるなんて失礼過ぎる。まぁ、怖かったのは本当だけどそれだけ心配されてうれしい気持ちもある。

「何か手伝おうか？」

お父さんの声に、後ろを振り返る。

「話に加わらなくていいの？」

先ほどまでお父さんがいた場所では、未だにエガさんたちとジナルさんたちが真剣に話をしている。いつの間にかマジックアイテムで話し声が聞こえないようになっていた。

「あぁ、特に問題ないだろう。そうだ、マリャの護衛としてガリットが同行する事になりそうだ」

「そうなの？　ジナルさんたちは仕事とか大丈夫なのかな？」

仕事を終わらせたあとだと言っていたけど、新しい仕事が入っていたりしないかな？　上位冒険者だったら指名依頼も多いと聞くし。

「大丈夫だろう。指名依頼があっても拒否権はあるから」

そうなんだ。それなら問題ないかな？

「あとは何を作るんだ？」

「えっと、お肉を漬け込むタレを今作っていて」

「何種類のタレを作るんだ？」

「全部で一二種類。お父さんの好きなタレも作る予定だよ」

「そうか。混ぜるのなら出来るな。任せてくれ」

「ありがとう」

一二種類のタレを作り、お姉ちゃんが切ったお肉を漬け込んでいく。少し時間を置いて漬け込み、タレを簡単に落としてからバナの葉に包んでマジックバッグに入れていく。お姉ちゃん用に別のマジックバッグを用意して、そちらにもある程度の量を入れる。

「こんなにいるかな？」

お姉ちゃんが、自分用のマジックバッグに入れるお肉の量に首を傾げる。

「エガさんとランジさんがいるし。それにお嫁さんもいるから」

「そっか。一緒に食べるかもしれないしね」

「うん。あのさ、エガさんたちの事を信用出来る？」

お父さんが傍から離れた時に、そっと小声で聞く。信用出来ない人と旅をするのはつらいと思う。手を止めて、少し考えるお姉ちゃん。しばらくすると私を見て頷いた。

「ちょっと心配はある。でも、大丈夫という気持ちが大きいの。不思議だけど」

「そっか。ならいいの。ガリットさんも一緒に行くみたいだしね」

「そうだね。馬車の旅はたぶん両親とした事があると思う。ほんの少し記憶に残ってる。実は、今から楽しみなんだ」

お姉ちゃんの笑顔を見てうれしくなる。良かった。

「どうした？」

「お肉の量は足りるかな？」

「あ〜、エガもランジも食う時は食うんだよな」

えっ、足りないかな？　マジックバッグの中身の半分以上が漬け込んだお肉だけど。

「もう少しお肉を増やしたほうがいいかな？」

「そうだな。それがいいかもしれないな。買って来るよ」

お父さんがお肉を買いに行こうとすると、話し合いが終わったのかランジさんたちがこちらに来た。

「何処かに行くのか？」

ランジさんが、出かける用意をしているお父さんに訊く。

「あぁ、タレ漬け用の肉を買いに行くんだ。エガもランジも結構食べるだろう？　今の量だと心配だからな」

「だったら、俺が買いに行くよ。金も出す。俺たちが増えたせいだろうし」

それを聞いたエガさんが、お供をすると言いだし首を傾げる。

「ランジを一人で行かせたら、大量に買ってくるから見張り役が必要なんだ」

手の掛かる子供みたいだな。エガさんの言葉に、残念そうなランジさん。いや、どれだけ買ってくるつもりだったんだろう。恐ろしい。エガさんたちが調理場から出ると、ジナルさんが大きく溜め息を吐いた。

「ドルイド、お前あいつらの事……」

「まぁ、予想はしてる。でも答え合わせをするつもりはないんで。それより、あの契約すごいだろ？」

すごい契約……いったいどんな契約なんだろう。

「まぁな。本人たちが納得しているなら、問題ないか」

気になるな。お父さんを見ると、首を横に振られた。訊かないほうがいいって事だろうな。諦めよう。

「それで、いつ頃ここを発つんだ？」

「それなんだが、急ぐ事にした」

お父さんの質問にガリットさんが答える。その声は少し硬い。

「この村にいた追っ手はどうにかなったんだが、追加で来るそうだ。身元はばれていないと思うが、マリャが親子連れに保護された可能性ありと裏で噂されていた」

「えっ？」

どうして？

「気を付けていたが、誰かに見られた可能性はあるか。人の目をすべて誤魔化すのは無理だからな」

「あぁ、だから出発は急ぐ。ただしこの噂はちょうど良かったかもしれない」

私が首を傾げると、ジナルさんが笑った。

「奴らはこれから親子連れとマリャの組み合わせを探す。だが、既にマリャは別行動だ」

そうか。

「追っ手を誤魔化せるんですね」

私の言葉に頷くジナルさん。良かった。これなら無事にオール町に着ける筈。

「親子連れか……」

あっ、そうか。親子連れだと噂されている以上、私とお父さんが目立つね。あれ？　さっき、ジナルさん裏で噂って……裏とは何だろう？

「その件なんだが、俺たちはこの村の商業ギルドで依頼を受けようと思っている。簡単な護衛任務。隣のオカンジ村かオカンケ村までのな。一緒にどうだ？」

「えっ？」

「探しているのは親子だろ？　なら親子から外れればいいだけだ」

確かにそうだけど、そこまで巻き込んで大丈夫なのかな？

「いいのか？　完全に巻き込む事になるぞ？」

お父さんも私と同じように感じた様だ。

「気にするな。巻き込まれたとは思っていない」

「だが……」

お父さんが渋い表情をする。

「巻き込まれたというより、自ら絡みに行った感じだろう」

フィーシェさんがのんびりお茶を飲みながら言う。

「……確かに、そうだな」

まぁ、そうかもしれない。

「だから気にするな」

いいのかな？　お父さんを見ると、苦笑を浮かべている。どうやら、ジナルさんたちと何か任務をこなす事が決まった様だ。簡単な護衛任務とは、どんな感じなんだろう。ギルドには魔石などを売りに行くだけで、任務を受けた事はない。不謹慎だけどちょっと楽しみだな。

511話　本当の依頼

ジナルさんが取ってきた仕事は、あるマジックアイテムをオカンケ村まで運ぶ簡単なモノ。重要なマジックアイテムなのか「盗まれないように」と言われたとジナルさんが笑っていた。

「何だ、この任務」

「だろ？」

お父さんとフィーシェさんが渋い表情をしている。それを不思議そうに見ると、任務が書かれている紙を見せてくれた。

「荷：マジックアイテム、重要度：上、届先：オカンケ村商業ギルド、期日：一年以内」

冒険者ギルドで壁に貼っている依頼票を見た事はあるけど、特におかしな点があるとは思えない。何かおかしいのだろうか？　そういえば、期日が異様に長いな。

「おい、ジナル。これを受けたのか？」

「あぁ、訳ありっぽいだろ」

ジナルさんの言葉にフィーシェさんが溜め息を吐く。訳あり？　どういう事かと、ジナルさんを見る。

「期日が長過ぎるだろ？」

「はい」

「普通はあり得ない。しかも、ただの荷物運びなのに報酬金額が良かった。にもかかわらず、誰も受けようとしていなかった」

やっぱり期日が長いんだ。一年だもんね。報酬金額がいいのに誰も受けない？

「……依頼した人に問題があるんですか？」

「そうなるな」

私の言葉にお父さんが、ジナルさんを睨む。それに肩を竦めるジナルさん。

「まぁ、怒るなって」

「怒るに決まっているだろう。これ間違いなく、オカンケ村で荷物を渡したら、いちゃもん付けられる依頼だろうが！」

お父さんの言葉に、なるほどと頷く。それを知っているから、他の人は依頼を受けないのか。

……またややこしい依頼を受けてきたな。それとも何か意味があるのかな？

「ジナル……本当の依頼は？」

本当の依頼？　フィーシェさんの言葉に首を傾げる。荷物を運ぶ事じゃないの？

「商業ギルドからだ。この依頼人が二度と依頼出来ないように証拠品を運んでほしいという事だ。ちなみに貴族だが、その辺りは問題ない」

ほぉ～、すごい。何だか……何だっけ？　何か言おうとしたんだけど……おとり捜査だ！　……ん？　おとり捜査って何？　前世の私、がんばってよ！　言葉だけでは、意味がわからないから！　おとり……罪を犯させるのかな？　たぶんそんな感じかな？

「アイビー？　大丈夫か？」

あっ、考え込み過ぎた。ジナルさんを見て頷く。

「はい、大丈夫です。えっと、お……証拠品って何ですか？」

おとり捜査をどうやるのか訊きそうになってしまった。危ない、危ない。

「あぁ。商業ギルドがマジックアイテムを移動前に鑑定していちゃもんを付けられたら、再度鑑定して移動前以上には壊れていない事を証明する。つまりマジックアイテムが証拠品だな。俺たちは相手を煽るだけ煽る。目立つように周りを巻き込んでいくのが一番の役目かな。証人を作る為に。あとは商業ギルドが上手くやってくれる」

煽るのが仕事なんだ。簡単なのか、難しいのかわからない依頼だな。

「だから俺たちか」

ジナルさんの説明を聞いてフィーシェさんが納得した表情をする。

「上位冒険者の俺たちだったら、荷物が壊れるなんて失態は演じないからな」

あぁ、そういう事か。下位冒険者が運んでいたら、移動中に壊れたと言われても反論は難しい。

中位冒険者だった場合は、反論は出来るだろうけど完璧ではない。上位冒険者だと、移動中に壊すなどありえない話となる。それだけ色々経験していて、荷物運びなんて簡単な事だもんね。

「商業ギルドの上位冒険者に声を掛けたらしいが、断られていたらしい。報酬がいいと言っても上位冒険者から見れば安いからな。ただの荷物運びだし」

「そうだな。まぁ、受けた以上は成功させないとな」

お父さんも納得した様だ。この場合は……。

「私は荷物には触らないようにしますね。いちゃもん付けられるのは嫌なので」

たぶん、私を攻撃してくるだろうな。『お前みたいな子供が触ったから壊れたんだ』みたいな事を言って。面倒くさいから、絶対に触らない！

「気にしなくていいぞ。元々壊れているマジックアイテムだから」

それをオカンケ村で移動中に壊されたって文句を言うのか。すごいな。神経が図太いんだろうな。

そういえば、貴族だって言ってたよね？　問題ないみたいだけど、お姉ちゃんの事もあるし。

「ジナルさん。相手は貴族なのに問題ないんですか？」

「あぁ。貴族といっても、煙たがられている貴族だ。既に俺たち冒険者に振るう力もないほど落ちぶれている。でも一応貴族だからな。証拠もなく貴族からの依頼は断れないんだ。こんな問題を起こすようになったのは、ここ最近だそうだ。ある意味最後のあがきだろうな。諦めてしまえば、まだ他の道もあったのにな。奴隷落ちする事になるとは、本当に馬鹿なんだろうな」

力のない貴族もいるのか。それにしても、ちょっと考えれば絶対に上手くいかない事はわかるのに。……それがわかっていたら、こんな事はしないか。ジナルさんが言うように本当にちょっと頭が足りないのかもしれないな。

「まぁ、奴隷落ちするのは当主と奥さんだけ。子供たちは既に見切りをつけて、貴族籍から抜けている。親に似ずしっかり者で、頭もそれなりにいいらしい」

　随分詳しいな。

「ん？　詳しいのが不思議か？」

　心を読まれたみたい。

「はい。仕事を受けたのは今日の午前中ですよね？」

　お姉ちゃんとガリットさんが、お嫁さんと顔合わせをするからと出かけて行ったので、こちらも準備をしようという事になったんだよね。私とお父さんとフィーシェさんが、旅に必要な物の買い出し。ジナルさんが商業ギルドに依頼を見に行ってくれたんだけど、それは午前中。今はお昼を食べてこれからの事を話しているんだけど、数時間で調べたにしては詳し過ぎる。

「午前中に仕事を受けて、帰りがてらちょっと調べたらすぐに色々出てきたんだよ。既に問題の依頼についても噂になっていたしな。話を聞こうとしたら心配されて、色々訊いていないのに話してくれたよ。ちょっと調べるつもりが、帰り道だけである程度の情報が集まった。そうとう嫌われているみたいだ」

「それはまた……すごいですね」

　帰り道だけで？　商業ギルドの建物からこの宿までって大通りを挟んでいるけど、そんなに遠くないよね。

「騙された冒険者が、広めたんだろうな。次の被害者が出ないように」

フィーシェさんの言葉に、なるほどと頷く。

「それで、エガたちと同じくらいに出発するのか？　あいつらは明日出発するそうだ」

だから急いで顔合わせしに行ったんだもんね。そういえば、帰りが遅いな。話し込んでいるのかな？

「そうだな。見送ってから一時間後ぐらいに出るか」

準備は既に終わっているし、問題ないな。お姉ちゃんとはあと一日か。オール町に行ったら会えるんだろうけど、ちょっと寂しいな。

「よしっ。今日はうまい店にでも食べに行くか」

「いいな。串焼きのうまい店があると聞いたが、そこでいいか？　アイビーはどうだ？　俺たちの奢りだから遠慮なく食え」

奢ってくれるんだ。お父さんを見ると、頷いてくれたのでいいのだろう。

「串焼きは大好きだからうれしいです」

私の返事に頭をぽんぽんと撫でるジナルさん。お姉ちゃんたちが帰ってきたら、すぐに食べに行く事が決まった。

512話　それぞれの出発

お姉ちゃんが乗る馬車の中を見せてもらう。すごいと聞いていたので、興味があったのだ。狙われやすくなるので、外観に華美な装飾は一切ない。でも、内装がすごかった。細部にまでこだわった作りで、ちょっと感動してしまう。

「すごいでしょ？」

「うん」

顔合わせの時に馬車を見ているお姉ちゃんは、今日は落ち着いている。初めて見た日は、帰ってきて早々に馬車のすごさを大興奮で教えてくれた。どうも、旦那さんの両親がお嫁さんの為に用意したらしい。息子が迎えに行けなくて申し訳ないという気持ちなんだと、エガさんが教えてくれた。

「最初は反対だったけど、今では待ちわびているそうだよ」

ガリットさんが荷物を馬車に積み込みながら教えてくれる。

「お嫁さんをですか？」

「そう。最終的な話し合いで、旦那と両親がハタハ村まで来たそうなんだ。そこで話をしてかなり気に入ったらしい。旦那が怪我した時も、怪我の心配より迎えに行けないほうを心配したらしいから」

それは……旦那さんがちょっと可哀そう。

「おはようございます。今日からどうぞよろしくお願いいたします」

お嫁さんが両親と共に家から出てくる。

「おはようございます。こちらこそ、よろしくお願いいたします」

「マリヤちゃん。ふふっ、楽しみだね」

「はい」

お姉ちゃんとお嫁さんが楽しそうに話している雰囲気を見てほっとする。この様子なら旅もきっと楽しめる筈。そういえば、お嫁さんの両親は行かないんだろうか？

「どうした？」

「お嫁さんの両親は行かないのですか？」

近くにいたガリットさんに小声で訊く。

「仕事の関係で婚儀に間に合うように行くんだって」

なるほど。

「そろそろ行こうか」

エガさんの言葉に、お嫁さんが馬車に乗り込む。

「マリヤ。オール町に行けば俺の師匠が待っているから。師匠に任せれば問題ないからな」

「うん。ドルイド、アイビー。本当に、本当にありがとう」

お姉ちゃんが深く頭を下げる。

「気を付けてね」

「うん。また会えるよね？」

お姉ちゃんの言葉に力強く頷く。

「もちろん。絶対に会いに行く。そうだ、師匠さんは楽しい人だから安心してね」

「ふふっ、わかった」

お姉ちゃんが馬車に乗り込むと、エガさんとガリットさんが御者席に座る。ランジさんは、馬に乗って並走するみたいだ。

「じゃ、ドルイド。また」

「あぁ、エガ、ランジ。マリャの事を頼むな」

お父さんの言葉にエガさんとランジさんが手を上げる。馬車が走り出すと、ランジさんがすぐにあとを追った。

「行っちゃったね」

「そうだな」

お父さんが私の頭を、ぽんぽんと優しく撫でる。馬車が門から出て行くのを見送ると、小さく息を吐く。

「大丈夫か？」

「大丈夫。また会えるしね」

そう、寂しくなる必要はない。また必ず会えるのだから。よしっ。あっそういえば、お嫁さんの名前聞いてないや。次に会った時にお姉ちゃんに訊こうかな。……大丈夫だよね？

「お父さん、お姉ちゃんは無事に師匠さんの所へ行けるよね？」

「ジナル、追っ手の様子は？」

お父さんがジナルさんに訊く。

「三日後に、一〇人ほどがこの町に着くみたいだ。ただ先に二人が明日にはこの村に着く」

追っ手がこの村にいないなら、出ていった事は知られていないから大丈夫だよね。それにしても、やたら詳しいな。何処でそんな情報を仕入れてくるんだろう？　不思議だな。

「さて、そろそろ俺たちも準備をするか」

「そうだな」

フィーシェさんの言葉にジナルさんが地面に置いていた荷物を背負う。お父さんと私も荷物を肩から提げ、準備完了。

「行こうか」

お姉ちゃんを見送ってから少し時間を空けて出発しようという事になっていたが、追っ手がいない今ならいつ出発しても問題ないだろうという事で、すぐに出発する事になった。

「そういえば、地下洞窟はどうなったんですか？」

「あぁ、行方がわからない者の捜索は終了した様だ」

私の言葉にジナルさんが、肩を竦める。終了したという事は見つかったのかな？

「無事だったんですか？」

「いや、何の痕跡もないから捜索打ち切り。死亡確定だよ」

死亡。

「家族の下へ帰れなかったんですね」

「というか、偽造カードを使っていた者たちは、誰かもわからないから。家族がいても、知らせる手段がないんだよ。それに、そんなカードを使っているという事は犯罪者だろうから。家族がいない可能性のほうが高い」

犯罪者か。

「出発ですか？」

「あぁ、世話になったな」

門番さんとジナルさんたちが親し気に話し出す。私とお父さんは、ハタハ村から預かっていた許可証を返すとそのまま門から出る。しばらく待つと、笑いながらジナルさんとフィーシェさんが門から出てきた。

「悪い、待たせた」

ジナルさんたちと合流すると、ハタハ村の隣ハタハフ町に向かって村道を歩き出す。しばらく歩いて周りの気配を探る。近くに人の気配はない。

「大丈夫かな？」

私の言葉にジナルさんたちの足が止まる。ジナルさんも気配を探ってくれたのか、「大丈夫」と言ってくれた。ソラたちが入っていたバッグの蓋を開ける。宿では、人の動く気配が途切れる事がなく、少し異様に感じた為、部屋の中でも少し緊張しながら過ごした。ぴょんと勢いよく飛び出した二匹。

「ぷっぷぷ～」

「にゃうん」

あれ？　他の子は？　ぴょんぴょん。

「ぺふっ」

「てっりゅりゅ～」

「ここは森だから我慢する必要ないよ」

私の言葉にフィーシェさんが首を傾げる。

「我慢って？」

「泊まっていた宿なんですが、人の動いている気配がずっとしてて、部屋の中でも、思いっきり遊ばせられなかったんです」

「あっ」

私の言葉にフィーシェさんが困った表情になる。その表情に首を傾げる。

「悪いあの宿……」

紹介したのがジナルさんとフィーシェさんだから、申し訳なく思っているのかな？　お風呂も広くて自由に料理が作れたから、いい宿だったけど。宿に泊まる客の動きを制限するのは無理なんだし。

「いい宿だと思いますよ」

「ははっ。そうだな」

どうもすっきりしない。フィーシェさんをじっと見る。それに苦笑するフィーシェさん。もしかして何かあったのかな？　まぁ、もう過ぎた事だし気にしてもしかたないよね。

シエルがアダンダラに戻ると、私を見る。

「ハタハフ町に行こうと思うの、好きなように歩いていいよ。別にいつまでって決まってないから」

「にゃうん」

うれしそうに鳴くと、さっそく森の中に入って行く。

「そうだ、相談するのを忘れていた」

シエルを先頭に歩き出すとジナルさんが、肩を竦め私とお父さんを見る。

「何をだ？」

「ハタハ村から、ハタハフ町を通らずにオカンジ村に行ける道があるんだが、どうする？」

ハタハフ町に行かない道か。そんなに急いでないし、町に寄ってもいいけどお父さんはどうだろう？

「急いでないしな。ハタハフ町に寄ってもいいんじゃないか？」

「そうだな。ハタハフ町にはうまい団子がある」

フィーシェさんがうれしそうに笑みを見せる。そんなにおいしいのかな？

「草餅《くさもち》か？　フィーシェは好きだよな」

くさもち？　くさ……草？　草の餅？　おいしそうに思えないんだけど……。

「独特な癖があってうまいじゃないか」

「そうか？」

ジナルさんとフィーシェさんが、草餅がおいしいかおいしくないかで言い合っている。お父さんは知っているのかな？

「お父さんは知ってるの？」

「あぁ、薬草にもなる草を餅に混ぜ込んでいるんだよ。俺は好きだけどな」

薬草になる草を混ぜ込んでいるのか。なるほど。薬草はちょっと癖があるモノが多いもんね。私も気になるな。

番外編　暗殺者

―ジナル視点―


目の前の二枚の契約書を、無言で見つめる。隣のガリットも、言葉をなくしているのがわかる。

「はぁ。すごいな」

エガとランジに視線を向ける。二人も俺に視線を向けた。お互いにじっと見つめる。

「だろうな」

ランジが、おもしろそうに笑う。それに溜め息を吐く。ドルイドの敵ではない事で安心はしたが……。

「お前たちとは一度、会った事があるよな？」

ガリットの言葉に、十数年前に教会で出会った二人の人物を思い出す。今と見た目が少し違う。特に髪色が違っていた。今は二人とも落ち着いた橙色だが、以前は濃い茶色だった筈だ。何処か違和感を覚えたのは、髪色が違ったからだろうな。教会関係者と親し気に話していたのを覚えていたから、ドルイドといるのを見た時にかなり警戒した。まさか、こんな契約書《モノ》で縛りがあるなんて思いもしない。

「悪い、俺は君たちの事を覚えてはいない」

エガの言葉にランジも「俺も」と同意する。まぁ、確かに一瞬だったからな。それに俺たちがエガたちを覚えているのは、教会関係者に接触する者たちを一人残らず調べている時だったから、一瞬でも記憶に刻まれたんだろう。

「ジナルたちは俺たちを何処で見たんだ？」

エガが不思議そうに俺たちを見る。

「王都の教会関係者と接触する者を調べていた時だ」

ガリットの言葉にフィーシェとジナルが頷く。

「気を付けていても、やはり限界があるな」

小さく肩を竦めて話すランジ。エガも「しかたないね」と、笑っている。

「聞いていいか？　お前たちは教会にとってなんなんだ？」

一つ、嫌な答えが思い浮かぶ。教会の闇。ずっと探っていた教会の最大の罪。もしかしたら、彼らは……。

「俺たちは教会に縛られている暗殺者だよ」

心臓がずきりと、嫌な音を立てた気がした。予想はしていた。教会で会った時の二人の様子は、まるで死者の様だった。覇気がなく、虚ろ。今日二人に会って驚いた。あまりにも以前見た時とは違っていたから。でも、暗殺者は対象の懐に入り込む為に、相手に合わせて自分を作り変える。それだと思った。だが、契約書を見るかぎりこちらが本当の二人なんだろうな。

「あれ？　驚かないね。予測してた？」

エガが少し残念そうに言う。それにガリットが苦笑を浮かべる。

「ドルイドは？」

知らないわけないか。

「さぁ、どうかな？　俺たちに何も訊かないし、だから俺たちも言ってない。でも、何かは感じている筈だ。契約を交わす時、内容を見て一瞬だけ……ほんの一瞬だけど顔を歪ませたから」

ドルイドは、優し過ぎるだろう。こんなややこしい二人を背負い込むなんて。アイビーは気付いていないな。というか、ドルイドが気付かせるわけがない。

「暗殺者は他にもいるのか？　あっ、悪い。言わなくていい。確か契約で縛られていて話せないんだよな？」

「いいや、話せるよ。暗殺者は全員で一四人。まぁ、今も全員が生きていればだけど。確実に生きているのは六人かな」

えっ？　なぜ話せるんだ？　前に捕まえた暗殺者は、教会の名前を言っただけで声を失った。その為尋問は出来なかった。筆談も考えられたが、どんな契約がされているかわからず手が出せなかったのだ。そうして迷っている間に、彼は姿を消した。おそらく他の暗殺者が潜り込んで、連れて行ったと判断された。もしかしたら、彼らは既に消されたかもしれないが。

「なぜ話せるんだ？　君たちはそれだけ信用を？」

俺の言葉に二人が笑いだす。

「あいつらが人を信用するわけがないだろ？　同じ教会の人間にすら不信感を募らせているんだから」

ランジの話にエガが何度も頷く。

「ではなぜ？」

「ドルイドとした契約のおかげだよ。……俺たちがどうやって作られるかわかるか？」

「いや、ただ子供たちが集められて、その中から選ばれると聞いている」

「ちょっと違うな。暗殺系に役立つスキルを持った子供が誘拐されてきて、その日に奴隷契約を一方的に結ばされるんだ。何もわからない状態で次の日から特訓が始まる。逆らえば、殺されこそしないがギリギリまで折檻《せっかん》。誰だって痛いのは嫌だから、死に物狂いで殺しの技術を学ぶ。そして、技術が身に付くと今度は一緒に学んだ子たちと殺し合いをさせられる。この辺りで心が壊れて何も感じなくなるんだ。生き残ったら、教会に決して逆らわない暗殺者の出来上がり。奴隷契約という縛りもあるしな」

「……そうか」

淡々と話すエガに苦いモノが込み上げる。

「命令通り人を殺して……。たぶんドルイドと会った時は、俺もランジも限界だったんだ。幼い子供まで殺す命令を受けて、実行して……気分転換に冒険者ギルドで仕事を受けたらドルイドが来た。仕事はすぐに終わってしまって、鬱憤《うっぷん》だけが溜まった。で、酒に逃げて飲みまくって気付いたら貴族に絡んでた。その時思ったんだよ。死ぬ事は出来ないけど、殺される事は出来ると。なのに、ドルイドが俺たちを助けた」

「助けたドルイドを恨んだよ。なぜ助けたんだって」

ランジが苦笑を浮かべる。

「『生きたいくせに、死にたがるな』って言われた。一瞬何を言われたのかわからなくて、エガも唖然としてた。でも、自分たちの手が無意識に武器を握っていたんだ。きっと貴族が何か言った瞬間、殺してたと思う。『死にたくない』それが俺たちの本心なんだよ。死なない為にあんな地獄を乗り越えたんだから。まぁ、いつまでたっても地獄が終わらないんだけどな」

エガの瞳が一瞬陰《かげ》る。だがそれも一瞬。すぐに、元に戻って笑みを見せる。

「貴族と問題を起こしたとばれたら、貴族もドルイドも殺せと命令されると思った。貴族はどうでもいい、でもドルイドを手に掛けるのはあの時本気で嫌だと思ったんだ。だから契約を交わす事にした。ドルイドは酒の力だと言ってるみたいだけど、俺たちにとって一か八かの賭けだった」

エガがドルイドと交わした契約書の一枚を持って、うれしそうな表情を見せる。その契約書は今では見る事がないと言われている「命の契約書」。自分の命を相手に渡すモノだ。もしドルイドがエガとランジをいらないと思い、契約書を破れば二人はすぐさま死を迎える事になる。一方的な力の行使を許す契約。書かれている内容もまたひどい。エガとランジがドルイドの事を少しでも害そうと思っただけで二人は死ぬ。

ランジも、もう一枚の契約書を見せる。こちらも「命の契約書」だが、エガの契約書とは少し異なっていた。それは「ドルイドを殺せと命令した者がいた場合、その者を殺す」事が決められている点だ。なぜ、ランジの契約書だけにその項目があるのかはわからないが、かなりおかしな内容だ。殺す事が決められているなど。

「俺のスキルが役立つからな」

疑問が表情に出ていたのか、ランジが俺を見ながら言う。

「俺のスキルの一つに、自分の命と引き換えにある事が出来るというのがあるんだ。それを使えば確実に殺せる」

ランジの言葉に、数個のスキルを思い出す。どれもかなりレアなスキルで、扱い方に注意が必要だった筈。なぜなら命を懸けて相手を呪うスキルだからだ。

「契約は、より制裁が重いほうに偏《かたよ》るらしい。この命の契約を交わした時から奴隷契約の縛りが緩くなった。確かにまだ縛りはある。自ら死ねないとかな。でも、命令に反する行動が出来るようになった」

ランジの言葉に驚く。そんな効果があるとは知らなかった。まぁ、奴隷契約の上に命の契約なんて誰もしないから知らなくて当然なんだけどな。

「教会には、ばれていないんだな？」

「あぁ、奴らは疑ってもいないよ。奴隷契約をしているから絶対に歯向かえないと思い込んでいるからな。まぁ、そう思い込ませる行動をとってきたんだが」

ランジの言葉にエガが苦笑を浮かべる。

「奴らが俺たちに叩き込んだ暗殺者の技術が役に立ったよな」

「確かに」

エガの言葉にランジが笑って言うのを何とも言えない気持ちで眺める。掛ける言葉は思い浮かばない。

番外編　暗殺者の望み

―エガ視点―

「昔の教会は知らないが、今の教会は命の契約は決して行わない。昔は簡単に子供を誘拐する事が出来たから暗殺者の替えもすぐに作れたが、今は教会に対する監視の目が厳しくなって子供たちを集められない。だから今いる暗殺者をなるべく長く使いたい。だから奴隷契約でかなり厳しく縛られる。ほんの少し教会の事を仄《ほの》めかすだけで声を失ったりするし、最悪なのは記憶がどんどん消滅していく事だな。最後には教会に帰る事しか考えられなくなるらしい」

「そんな……」

俺の言葉にガリットが息を呑んだのがわかった。ジナルは、何か思っているのか複雑な表情をしている。

「教会に戻ってきたら、洗脳して新しい人物になるんだ。といっても暗殺者としての腕はかなり落ちる。命令された事しか出来ない人形みたいだからな。教会の連中もあまりこれはしたくないらしい、暗殺者として使えないからな」

生き残った仲間たちの事は、特に話す事はないがそれでも気にはなっていた。だからあいつが捕まったと知った時、何とかしたいと思った。まぁ、許されなかったが。捕まっていた筈のあいつをもう一度見た時、唖然とした。あまりの変わりように。何があったのか調べてわかった事が、記憶の消滅。俺たちにも同じ事が起こる可能性に愕然《がくぜん》とした。

再びあいつに会った時には、以前の面影すら思い出せないぐらい変わり果てていた。命令どおりにしか動けない人形に。俺もランジも、あれにはなりたくないと心に誓った。人形になるぐらいなら、なんとしても死を選ぶと。だからドルイドとの契約で命を預ける事に、何の迷いもなかった。逆に、ホッとしたぐらいだ。まぁ、ドルイドにはこんな事は言えないが……。

「なぜ教会の事を話せるのか。この命の契約書のおかげなんだ。それに、ドルイドが最後に書き込んだ内容もおそらく効いていると思う」

俺が契約書をテーブルに置くとジナルとガリットが覗き込む。あれ、最後まで読んでなかったのか？　さっき、契約書を見てたよな？

「……はっ？　『命の契約者以外の命令に従うな。自由になれ』……ははっ、なるほど」

ガリットの笑い声に、俺とランジも一緒に笑う。ドルイドは何かを感じたんだろうな。まぁ、普通の冒険者が「命の契約書」を交わそうとする筈ないからな。あの時、顔を歪ませてそして二枚の契約書に何かを書き込んだ。その内容を見た時、驚いてランジと顔を見合わせた。何も聞かないのに、なぜ俺たちがほしいモノがわかるのかと。でもあの時は、本当にそうなるとは思わなかった。ジナルが言うように、奴隷契約の上に命の契約をしたらどうなるかなんて、前例がなかったのだから。

「二重契約で死ぬかもしれないとは思わなかったのか？」

「あの時は、そんな事を考える事もなかったよ」

俺の言葉にランジが頷く。

「俺もだ。あの時は……本当に限界だったんだ。終わらせたいのに、生きたかった。許されないと知りながら、誰かに許されたかった。……ずっと苦しかった」

そうだ。指示を受けて殺す度、苦しくて苦しくて。だから酒に逃げた。酔っている時だけは、忘れられた様な気がしたから。あのままだったらきっと俺たちは、大きな失敗をして死んでいただろう。いや、もしかしたら人形になっていたかもしれない。

「今の俺たちがいるのはドルイドのお陰なんだ。何かを感じながらも黙って契約をしてくれた。そのお陰で自由になれた」

ドルイドと命の契約を交わしたあと、教会からある暗殺指示があった。命の契約がどのように作用するのかわからず、緊張した。命の契約の作用によっては、ドルイドと契約を交わした事が教会に知られてしまう。その時になって、ドルイドを巻き込んでしまった事に気付いて後悔した。あまりにも自分勝手過ぎたと。だから契約を無効にする為に、ドルイドと会うとランジと決めた。

その前に教会からの暗殺指示を終わらせなければならない。いつもどおり暗殺の準備をしている時に、俺もランジも違和感を覚えた。

今までであれば、暗殺の指示があった直後から「殺さなければ」という強迫観念に縛られる。なのに、なぜかそれが起こらなかった。ランジと二人首を傾げながら標的の住む村に行って、殺さずに様子を見る事にした。いつもだったら、殺すまで日に日に強迫観念が強くなり意識を蝕《むしば》む。だが、それが二〇日を過ぎても一向に起きない。その時になって、命の契約が作用しているのかもしれないと考えた。もしそうなら、自由になれるかもしれないと。だが、楽観視は出来ない。いつ奴隷契約の縛りが復活するかわからなかったから。それと、何処まで奴隷契約が抑え込まれているのかわからなかったから。

だから、俺たちは試す事にした。目の前にいる標的をわざと逃がしたら、内臓が焼かれるように痛む縛りがある。それが起こるかどうか。その時に標的になっていた人物は、ある貴族の犯罪を目撃した為、消されそうになっていた。その彼に、命を狙われている事を伝えて逃げるように言った。その日の夜、小さくなっていく彼を見ながら微かな痛みすら起こらない体に不思議な気持ちだった。あれから数年、彼はモンズの力を借りて別人として幸せに生きている。

逃げる彼を見送ったあと、数日間は何もする気が起きなかった。いきなり得た自由。教会から逃げる事も考えた。実際に逃げようとした。でも俺たちは、縛りがあったとしても何の罪もない人を殺し過ぎた。許されるわけがない。それに俺たちの勝手でドルイドを巻き込んでしまっている。だからすべてを話して、ドルイドに決めてもらおうと思った。もし契約を破棄したいと言われたら、俺たちの手で破棄するつもりだった。ドルイドの持つ契約書を、契約を解く前に破ると俺たちは死ぬ。ドルイドにばれないように、終わらせる。死にたくないと思っていたくせに、あの時は迷いがなかったよな。

だがドルイドを前にすると、なぜか言葉が出なかった。ランジと二人で困っていると、紹介したい者がいると言われて会ったのがドルイドの師匠モンズだった。ドルイドは「こんな契約を交わしてしまった」とさっさと命の契約書をモンズに見せるから驚いた。あんな契約書、人に見られていいモノではない。

だが、モンズはその契約書を見て俺たちを見て……大笑いをした。思っていた反応と違った為、俺たちは大笑いするモンズを見て固まってしまった。気付いたらドルイドは、仕事があると何処かへ行ってしまっていて、残っているのはいつの間に来たのかモンズと仲間二人、そして俺とランジ。ドルイドの師匠だから、これから断罪でもされるのかと思った。だが、もちろんそんな事はなく、俺たちの話をただゆっくり聞いてくれた。そして聞き終わると「まぁ、契約はこのままでもいいんじゃないか?」と。驚いた。ドルイドを巻き込んでいいと言っているのだから。ランジがそれを言うと、「ドルイドはお前たちを俺に紹介した。つまり一緒に巻き込まれてくれという事だ」と、特に気負う事なくあっけらかんと話した。俺たちが教会の暗殺者だと話したにもかかわらずだ。それから彼らは俺たちに人として生きる術を教えてくれた。

「なぜ未だに教会の暗殺者をしている？」

ジナルの言葉に、苦笑が浮かぶ。

「急に得た自由に戸惑っている俺たちに、ドルイドがある人を紹介してくれたんだ。彼らは俺たちに生きる術を教えてくれた。学びながらずっと考えていた。これからどうするべきか。そんな時、また教会から殺しの指示が来た。今度の標的は教会にとって利用価値のなくなった貴族。傲慢《ごうまん》で様々な犯罪に手を染めていた。それを知った時に、教会に戻る事に決めた」

「なぜ？」

「俺たちが逃げても、教会は殺しをやめない。だったら、奴らの指示に従うふりをして選別をする事にしたんだ。殺す者と逃がす者。そして待つ事にした。教会を潰す者たちが現れるのを。噂で聞いた事があったから、教会に不信感を募らせている者たちがいると」

「あぁ、あれか……」

ガリットの言葉に、ふっと笑みがこぼれる。その嘘か本当かわからない噂に、俺たちは賭けた。いつか教会を潰す組織が生まれ、破壊してくれると。その時に、教会の罪をすべて彼らに証拠と共に託そうと。

「ジナルたちは、教会を潰すつもりだろう？」

「……あぁ、そうだ」

ジナルの言葉にうれしくなる。認めたという事は、こんな俺たちの言葉を信じてくれたのだ。だったら俺たちがする事は決まっている。今まで集めてきたすべての証拠を彼らに渡す事。

「エガの仲間は教会に何人いる？」

鋭いな。契約の重ね掛けで自由を得られると知って、俺は暗殺者の中に仲間を作った。かなり注意を払った為、六人だけだが。

「六人だ」

「あぁ、さっきの生きているのが確実というあれか」

「そうだ」

今回の護衛の仕事は断ったほうがいいだろうか？　教会の暗殺者だと知った以上……。

「護衛の仕事には、ガリットを同伴させたいが、いいか？」

仕事はしていいという事か。まぁ、見張りは必要だよな。

「あぁ」

「マリヤは訳ありだからな。終わったらお前たちの協力者のあの人にガリットを紹介してほしい。無理ならいい。それが終わったら、エガとランジだけではなく仲間の六人含めて全員に近くにある宿『あすろ』に行ってほしい」

あすろ？　今いるこの宿の名前だな？　……そういえば、他の村にも同じ名前の宿があったな。ん？

「この名前の宿は、訳ありを匿う為に作られた物だ」

そうだったのか。気にした事もなかったな。

「教会から離れろ」

離れろ？　離れていいのか？

「エガ、ランジ。もう十分証拠も集まっているだろう？　だからもう教会から出て大丈夫だ」

そうか。もうあそこに戻らなくていいのか。

「二人に誓う。必ず教会は潰す」

あぁ、良かった。ようやく俺たちの望みが叶う。

番外編 ✿ 二人の暗殺者

The Weakest Tamer
Began a Journey to
Pick Up Trash.

―ドルイド視点―

冒険者ギルドから指名依頼が来た。依頼主からの指名ではなく、仕事の質から冒険者ギルドが俺に決めたらしい。つまり、少しややこしい依頼内容という事だ。

冒険者ギルドに行ってみると、二人の冒険者がいた。どうやら今回の依頼は、俺を含めた三人で行う様だ。

ややこしいだけでなく、相手にする人数が多いのだろう。この場合、一緒に行動する冒険者によって仕事の危険度が変わる。まぁ俺は、どんな危険があっても特に気にしない。死んだとしても特に問題はないし、一緒に仕事する者がミスをしたら切り捨てればいいだけだ。

紹介された冒険者は、エガとランジ。おそらく年齢は四〇代後半ぐらいだろう。

「よろしく」

俺の言葉に、二人とも愛想よく挨拶を返してくれた。でも、二人の目を見て「訳あり」だと気付く。笑っているのに、目の奥が濁《にご》っている。こちらを見ているようで見ていない。それに、二人から漂う濃厚な血の匂い。これは間違いなく、数日内に人を殺している。

「仕事の事で話したいが、時間は大丈夫か？」

少し、一緒に仕事をするか迷った。どう見ても、面倒そうな二人だ。関わり合いたくない。冒険者ギルドに人殺しだと訴えようかとも考えた。

「あぁ、頼む」

でも、やめた。誰を殺していたとしても、俺には関係ない事だ。やばいと思ったら、逃げたらいい。いつもどおり、それだけだ。

その日の夜。ある犯罪組織を、壊滅に追いやった。規模はある程度大きかったけど、俺も含め三人の敵ではなかった。

組織が使っていた隠れ家で、証拠品を回収していく。すべて回収の指示があったので、今回は簡単だ。これが、ある事件の証拠品だけという指示だと、選別するのに時間が掛かる。あれは本当に面倒くさい。

「こちらはすべて回収した」

見るとエガかマジックバッグを掲げていた。それに頷き手を上げる。

「こちらも終了した」

もう一人、ランジを見るとちょうど終わったみたいだ。こちらを見て頷いた。

「あとは……まだ、生き残りがいたみたいだな」

ランジの言葉に、隠れ家の窓からそっと外を窺う。

「五人。武器あり」

隠れ家に入ろうとしている五人を確認。エガがすぐに動き、五人は速やかに処理された。

死んだ五人の持ち物を調べていく。武器以外に持ち物はない様だ。んっ？

「これは？」

最後に確認した男が持っていたマジックバッグから、数枚の紙が出てきた。中身を確認すると、ある公爵のサインがされていた。

「魔物の子供を買ったみたいだ」

「あぁ、王都にいる貴族の一部で、魔物を育てるのが流行っているんだ」

エガの言葉に顔が歪む。子供のうちはいいが、いずれ大人になる。人間が魔物を制御出来るとは思えないが、方法でもあるのか？

「テイマーが協力をしているのか？」

それなら可能か。

「いや、テイマーは協力していない。暴力で支配をしているみたいだ。小さい頃から、体に教え込めば大人になっても問題ない。そんな考えらしい」

エガの説明に顔が歪む。

「暴力で支配、か」

俺の言葉に、ランジが嫌悪感を見せる。エガも似た様な表情をしている。どうやらこの二人にとって「暴力と支配」は禁句の様だ。

ふと、教会に利用されている暗殺者の事を思い出した。裏の仕事で、ある貴族を調べている時に知った内容だ、いや、俺には関係のない事だ。

「これも証拠だな」

エガが、見つけた書類をマジックバッグに入れる。

少しの間、隠れ家で組織の関係者を待つ。また、さっきの奴らのようにやって来る者がいるかもしれない。

「終わろうか」

待っている間に、もう一組。今度は四人組が来たが、そいつらも難なく処理。彼らからも、数枚の書類を回収し、今回の仕事を終わる事にした。

「そうだな」

エガとランジが了承したので、隠れ家の処理に入る。隠れ家の護衛として雇われていた者の遺体をマジックバッグに入れる。そして、書類があった場所を荒らし、周りに遺体を並べる。これで組織内から裏切者が出たみたいに見える筈だ。

別にそれを真実にする必要はない。ただ、この組織を調べている者たちが、持って帰った書類を精査する時間を稼ぐ為にする裏工作だ。少し乱雑でも、問題ない。それらしく見えればいいのだから。

「これで依頼どおりだな。帰ろうか」

隠れ家から、エガとランジと共に出る。周りに気を付けながら、足早にその場から離れる。

それにしても、エガもランジも本当に音を出さないな。走る音はもちろん、呼吸音すら聞こえてこない。二人の動きに、さっき考えないようにした「暗殺者」という言葉が思い浮かぶ。おそらく二人は、隠密スキルを持っているのだろう。そして、あれだけ血の臭いを漂わせていたんだ、現役の暗殺者の可能性が高いな。

でもだからこそ、不思議だ。冒険者ギルドから受けたこの仕事。組織から証拠品の回収と時間稼ぎの裏工作なのだが、暗殺の仕事よりはるかに依頼料は安いだろう。暗殺の仕事をしたあとに、受ける様な依頼だったのだろうか？　組織に怨《うら》みがある？　いや、仕事内容を確認した時の様子から、組織とは無関係だ。

「別の理由か」

エガがチラッと俺を見るが、無視をする。俺の考えを話す気はないし、これ以上彼等の事に首を突っ込む気もない。この場合は無視が一番だ。

冒険者ギルドで、仕事の終了を伝える。そして持って帰って来た、証拠品が入ったマジックバッグを渡す。冒険者ギルドの職員は、マジックバッグの中身を確認すると頷く。

「問題ありません。これで依頼は終了となります。依頼料は二日以内に振り込みます。お疲れ様でした」

「「「お疲れ様」」」

二人と共に冒険者ギルドを出る。ここで別れて、あとはどうするかな。思ったより早く仕事は終わったし、久しぶりにゆっくりと飲みたいな。落ち着いて飲める店に行くか。

「この辺りで、落ち着いて飲める場所を知らないか？」

ランジの言葉に、三つの店を思い出す。どの店も仕切りがあり、落ち着いて飲むのに向いている。ただ一つ目は、貴族がよく来るので冒険者には向いていない。二つ目は、冒険者が集まる店ではあるが、店主が騒がしいのを嫌う為みんなが大人しく飲んでいる。三つ目は、つまみがうまいと評判の店だ。冒険者ギルドが近くの為、冒険者たちも大人しく飲んでいるんだよな。

「知っているが、希望はあるか？」

「うまい飯が食える所がいい」

エガの言葉に頷く。それなら三つ目の店になる。

チラッとエガとランジを見る。この二人、仕事が終わったぐらいから苛立っているように見える。それがわかっているのに、あの店に連れて行くのか？　危ういな。もしも何かあった場合……二つ目の店のほうがいいだろう。あの店の店主は、この町の情報に通じている。何かあっても、金さえ払えば対処してくれるだろう。たぶん。

「俺が飲む予定だった店なんだが、一緒に行くか？」

店を紹介するだけでいいのだろうけど、この二人が少し心配なんだよな。紹介した店で暴れられたくないし。

「あぁ、頼む。悪いな」

ランジの言葉にエガも頷く。それにしても、やはりかなり不安定に見える。こんな状態の二人に酒を飲ませてもいいのか？

「大丈夫なのか？」

俺の言葉に、エガが少し目を見張った。でも、それもすぐに笑みに変わる。笑み？　違うな。気持ちが悪い顔の歪みか。まぁ、一般的には笑っているように見えるだろうけど、俺には見えない。でもこの笑み、何処かで見た様な気がする。何処だったかな？

「問題ないよ」

「そうか」

わかっていても、どうにも出来ない苛立ちか。人を殺す仕事は、色々な闇を抱え込む。

あぁ、そうか。どうして教会の暗殺者を思い出したのかわかった。彼らは、あの女性に似ているんだ。教会の暗殺者だった女性に。

二人の様子を窺う。周りを威嚇しているように見えるのに、微かに怯えが見える。そして殺伐とした空気。もしかして、彼らは教会の暗殺者なのか？

俺は三ヵ月ほど前、教会の暗殺者に関わった。裏の仕事が終わって、帰っている時に泣き声が聞こえた。様子を窺うと、女性が泣いていた。赤ん坊の首を絞めながら、殺したくないと言いながら。すぐに赤ん坊を、女性の手から助け出した。でも、既にその子は死んでいた。

女性は俺を見て、笑ったんだ。あぁ、何処かで見たと思ったら、そうか。エガとランジの笑った表情が、あの時の女性とそっくりなんだ。真っ暗な闇を抱えた、すべてを諦めた歪な笑み。

女性は笑ったあと、俺を殺そうとした。その時の動きを見て、女性が只者ではないと気付いたんだよな。

女性は、俺が殺した。いや、あれは女性の自殺を手伝った、かな。武器を持って襲って来たのに、その武器を俺に向かって振り下ろす気はなかったからな。それがわかった時、俺も手を抜いてしまった為、女性は即死をしなかった。

ただそのせいで、息を引き取るまで恐怖を与えてしまった。女性は「教会には帰りたくない」「あそこは怖い」「殺したくない」と、震えながら泣いていた。その女性が、教会の暗殺者だとわかって唖然としたな。関わると面倒事になると知っていたから。

だから女性が亡くなったあと、少し迷った。このまま放置すれば、冒険者ギルドが身元を調査して関係者に返すだろう。つまり教会に、「帰る」事になる。なぜか俺は、それがすごく嫌だと思った。

俺は、泣きながら死んでいった女性の最後の願いを叶えたかった。だから女性の死を隠そうと決意した。ただ森に埋めたら、魔物に掘り返される可能性が高い。だから俺は、森の奥で女性の死体を燃やした。これで、教会に連れて行かれる事はないと思いながら。

あのあと、教会から冒険者ギルドに、教会のお金を盗んで逃げた女性の捜索依頼が出た。その逃げた女性の特徴を読んで、あの女性が思い浮かんだ。そして「遺体でもいい」という文字に、小さく笑った。女性は逃げ切れたと。

「あっ、ここだ」

考え込んでいて、通り過ぎそうになった。駄目だな。近くに危険な者がいるのに。

エガとランジを見る。特に感想はないみたいだ。

「いらっしゃい。三人なら奥にどうぞ」

別の席にしてもらおうと思ったが、思ったよりも店が混んでいる。時間的に空いていると思ったけど、外れたな。

案内された席に座り、三人それぞれ酒とつまみを頼む。別に話す事はないので、淡々と飲んでいる。酔えない。まぁ、最近は酒に慣れてしまい、酔う事はあまりないが、それでも今日ぐらいは、少し酔いたかったんだけどな。

二人を見る。彼等も、特に会話をする事なく淡々と飲んでいる。ただ、飲む速度が速い。それに少し不安を覚えた。でも、暗殺者なのだから、自分の限界はわかっているだろう。

まぁ、この二人の心に余裕があればだけど。先ほど見せたエガの目が気になる。暗殺者の女性を思い出させたあの目。あれは……死を渇望《かつぼう》している目ではないか？　無謀《むぼう》な事をしなければいいが。

というか、どうして気にしているんだろう？　ただ任務が一緒だっただけの他人なのに。

「いらっしゃい。悪いんだけど、今日は満席なんだよね」

「席を開けろ」

横暴な声に視線を向けると、苛立った様子の男性が見えた。その顔を見て、面倒な貴族が来たとわかり、溜め息が出た。

「悪いけど、それは無理だ」

店主の言葉に、貴族が店の椅子を蹴ったのが見えた。あぁ、最悪だ。

「おい」

んっ？　この声は……ランジ！　何をしているんだ。あの貴族は関わったら面倒になる。

「何だ冒険者風情が、俺を誰だと思っているんだ？　あぁ？」

この村でも煙たがられている、ただの屑。まぁこいつの祖父はすごかったらしいが、父親の代からどんどんその評価を下げているよな。事業も失敗続きで……だからこっちの店に来たのか。貴族がよく行く店は、この店より金額が高い。普通の貴族なら気にしない金額でも、今のこいつには大きいだろう。

「はっ。威張りくさってるだけの無能だろう？」

エガまで行きやがった。というか、よく見ているよな。そのとおりだ。

「何だと、この野郎。貴族にケンカを売ってタダで済むと思うなよ。やれっ！」

こいつの護衛は……ごろつきだな。特に右の奴、あれはどう見ても何かしてそうだ。

エガとランジの実力なら、全く問題ないが。二人を見ると、何か不穏な物を感じるな。何だ？

あぁ、目が何か期待をしている。まさか、死ぬつもりか？　あっ！

「待て」

貴族の護衛が振り上げた腕を掴み動きを止めると、エガとランジを見る。そして二人の手の位置を見る。やっぱり。

「何だ？　別に止める必要なん――」

「生きたいくせに、死にたがるな」

「「はっ？」」

この二人、自分たちの手が何を掴んでいるか気付いていないな。

「それ」

「えっ？　あっ！」

「……」

エガもランジも武器を掴んでいる手を見て、少し唖然とした様子を見せた。本当に無意識みたいだな。でも、こいつらはあの女性とは違う。エガもランジも「生きたいんだ」。

「おい、お前！　邪魔してるんじゃねえぞ」

本当に貴族かよ。口の悪い冒険者と同じじゃないか。

貴族が俺の胸倉を掴む。そして拳を握り振り上げた。

「はい、待て」

その手を掴む店主。そして店主は貴族に顔を近付けると、にやりと笑った。

「昨日、この村の外れである貴族の子供が襲われた。護衛がすぐに防いだが、誰が襲ったのか」

そういえば、冒険者ギルドに行った時に、そんな噂話を聞いたな。あれ？　貴族の顔色が一気に悪くなったな。

「子供の親が、襲った奴を探しているんだよ。しかも、あの場所には目撃者がいた」

「はっ？　周りには誰も！　あっ！」

「ふっ、どうして誰もいなかったと思うんだ？　もしかして、あそこにいたのか？」

店主を見る。笑いを抑えきれていないぞ。というか、ちょっと揺さぶっただけで自白するとは。

カタン。

んっ？　今立った男性は、こっちを確実に見ているな。いや、俺の傍にいる貴族を見ているのか。

「逃げたほうがいいぞ」

店主の言葉に、貴族は掴まれていた腕を払うとバタバタと店を出て行った。

「店主、金はここに置いておく」

「毎度あり」

男性はこちらを見ると小さくお辞儀をして出て行った。あぁ、なるほど。子供の襲われた親が、この店の店主に情報を買いに来たのか。ここの店主、耳がいいからな。いったいどうやって掴むのかと思う様な情報も持っている。やっぱり元冒険者か？　しかもそれなりに名の通った。

それにしても

「恐ろしい」

問題の貴族を追い払いながら、もう一つの貴族に恩を売ったな。

「何を言う。俺は親切な店の店主だ」

いや、今ある貴族の人生を終わりにしたよな。まぁ、自業自得だから何も言わないが。それにその言葉は、その裏のある表情で言うものではない。

「それより、あれは大丈夫か？」

店主の言葉に、エガとランジを見る。何だか、衝撃を受けたみたいな表情をしているな。「生きたい」と思う事がそんなに悪い事か？

店主を見る。

「俺は何も見ていない」

「ありがとう」

さすが、引き際を知っているな。

「おい、帰るぞ」

「「えっ」」

三人分の支払いを終えると、二人の腕を掴み店を出る。エガを見ると、深刻そうな表情をしている。ランジは、苦しそうだ。

「こっちだ」

腕を離して歩き出す。付いて来るかは二人に決めさせる。チラリと後ろを見る。付いて来たか。

二人を連れて、泊まっている宿に戻る。

「どうぞ」

二人にお茶を出す。ゆっくり、自分の淹れたお茶を飲む。……薄い。お茶に使う茶葉は高い。なので、何度も同じ茶葉でお茶を淹れるが、さすがに七回は多かったな。別にお金に困っているわけではない。でも何となく、同じ茶葉でお茶を淹れてしまうんだよな。

「すまない」

エガを見ると、頭を下げていた。

「俺たちのせいで、ドルイドの命が……」

「そうか。まぁ気にするな。俺なら逃げる事が出来る」

俺の言葉に首を横に振る二人。確かに、教会から逃げ切るのは難しいが、絶対に出来ない事ではない。師匠に手助けしてもらってもいいしな。

「駄目だ。教会に狙われたら……。俺たちは何て事を」

ランジが悲痛な声を上げる。

やはり教会の暗殺者だったか。まぁ、そうだとは思っていたけど。

女性の暗殺者と関わったあと、裏の仕事をしながら少しだけ教会の暗殺者を調べた。そこで知った事は、口に出したくない様な事ばかりだった。彼等もあの地獄を経験して、ここにいるのだろうか？

「すまない、ドルイド」

エガの悲痛な表情にポンと肩を叩く。

「俺はそれなりに強い。知り合いには、俺より強い者もいる。だから気にしなくていい」

「駄目だ。教会の奴らは、俺たちの手でドルイドを……」

そうか。エガとランジが俺を殺しに来るのか。まぁ、それならそれでも……いや、駄目だ。限界が近いこの二人に、殺されてやる事は出来ない。そんな事になれば、彼等は一気に壊れる様な気がする。

「あっ、契約！　契約をしてくれ！」

教会がお前たちを縛っている物と同じ物を？　それにどんな意味があるんだ？

「これで契約を交わそう」

ランジが出して来た紙を見て、息を呑んだ。まさか、一生見る事ないと言われている「命の契約書」を見るとは思わなかったな。普通の契約書とは違い、紙に魔法が掛かっている。それだけだと、マジックアイテムの契約書と似ている。でも命の契約書は、契約違反は「死」のみ。自分の命を相手に渡す契約になる為、一方的な力の行使を許す契約だ。

「……」

これ、二人は大丈夫なのか？　教会と結んでいる契約がある以上、命の契約で問題が起こる可能性も考えられる。

エガとランジを見る。真剣な表情で俺を見ている二人に、小さく頷く。

「いいぞ。やろうか」

覚悟を決めた目を見て、クスリと笑う。そんな目も出来るんだな。あの女性とは違う。彼らは、生きたいんだ。

「いいのか？　これは」

俺の言葉に、エガが戸惑った表情を見せる。俺にも何が起こるかわからない、か。

「何だ？　怖気づいたのか？」

「そうではない！　俺たちにはその……既に……契約が」

それは、教会がお前たちにした奴隷契約の事だよな。契約の重ね掛け。確かにどうなるか、わからない。

「おもしろいじゃないか。試そう」

「「えっ？」」

エガもランジも、そんなに驚く事はないだろうに。

「内容はどうする？」

俺の言葉に戸惑った表情のエガが、ペンを持つと命の契約書に何か書きだした。それを見てランジも、ペンを持った。

「これで」

エガから命の契約書を受け取る。そこに書かれた内容に、ぐっと歯を食いしばる。何て契約内容だ。

「これを」

ランジからも受け取り、内容を確かめる。エガと同じだ。この二人は自分たちの命より、今日初めて会った俺の命を取るのか。それだけ追い詰められているという事なんだろうな。

それなら俺が出来る事は……女性が息を引き取る瞬間を思い出す。死が間近に迫ったあの瞬間に見せた安堵《あんど》。そして「自由」と言った様な気がした。彼等が求めるのは……エガが使用したペンを掴むと、契約書の最後に文字を書き殴る。

「これでいい」

俺が書き込んだ文字を読んだ、エガとランジ。二人の表情が歪むのがわかった。そして、二人は微かにうれしそうに笑ったように見えた。

契約の重ね掛け。正直、どうなるかわからない。不測の事態が起きる事も考えられる。でも、それでもいいじゃないか。

「仕事終わりに酒を飲んで、酔った勢いのちょっとした賭けだな」

俺の言葉に驚いた表情を見せるエガとランジ。さっきから、随分と表情が変わる。それに笑ってしまう。

「やるか」

二枚の契約書に名前を書き込む。既に二人の名前が書き込まれている。あとは、

「あぁ」

エガが神妙な表情をして、契約書に掌を向ける。

「そうだな」

ランジも、一度深呼吸をすると契約書に掌を向けた。

それぞれの契約書に魔力を送るだけ。命の契約書だけに行う独自の方法。それで、二人の命を俺が手に入れる事になる。

重いな。

二枚の契約書が魔力を吸収すると、一瞬光を発して消えた。

「「「………」」」

三人の視線が合う。何も起こらなかった事に、少しホッとする。契約書を見ると、紙全体に魔法陣が描かれていた。

「こんな感じなんだな」

エガと交わした契約書を手に取る。

「あれ？　もう一枚ある」

さっきまでは間違いなく一枚だったのに。重なっていたもう一枚の内容を確認する。エガと俺の名前が書かれているので複写した物か。

「はい」

エガに二枚のうち一枚を渡す。

「これを」

ランジから、ランジの名前が書かれた契約書を受け取る。

「何も起こらなかったな」

エガが複雑な表情をしながら、契約書を見る。

「そうだな。何もないほうがいいんだけど、何というか呆気ないというか」

別に何かが起こってほしかったわけではない。でも何となく、契約の重ね掛け。しかも一つは「命の契約」だったから、何かが起こると思い込んでいた。まさか、普通に終わるとは思わなかった。それがいい事なのに、何となく釈然としないというか、複雑な気持ちだ。

「まぁ、何かあったらあったで後悔するんだろうけど」

ランジの言葉に、エガが苦笑する。確かにそうだな。

「まぁ、これで問題解決だな」

「あっ、貴族のほうは？」

貴族？　エガの言葉に首を傾げる。

「店で問題を起こした相手だ」

ランジの言葉に、先ほど逃げて行った貴族を思い出す。奴は……既にこの世にいないだろう。もしいたとしても、それはあと数日だけの命じゃないかな。

「あの貴族なら気にしなくて大丈夫だ。問題を抱えているみたいで、追っている者がいる様だったから」

「そうなのか？」

「あぁ」

店主の言葉を聞いていなかったみたいだな。まぁ、自分の行動に呆然としていたからしかたないか。

「それより飲むか？」

契約書をマジックバッグに入れると、バンのテーブルに酒瓶を置く。

「いいな」

ランジは飲む気だな。エガは？　少し何かを考え込んでいるみたいだけど。

「そうだな、飲むか」

よしっ。三個のコップに酒を並々と注ぐ。

同じ秘密を抱えた者として、エガとランジを見て頷く。ぐっと飲むと、喉がカッと熱くなる。あれ？　酒瓶を見る。

「あっ、かなり強い酒だった」

何でもいいからと出したけど、これは想像より強いな。でも、うまいから大丈夫か？

「うまいな」

エガは気に入ったみたいだな。ランジは、うわ、眉間に皺が。駄目だったか。

「こっちにするか？」

もう一本、新しい酒を出す。

「いや、大丈夫だ」

コップに入った酒を一気に煽るランジ。いやいや、すごい表情になっているから！

「やっぱり、無理だ」

「ぷっ。アハハハハ」

エガの笑い声にランジが少し悔しそうな表情をする。そんな二人を見ながら酒を飲む。そして、二人とは朝方に宿の前で別れた。

二人の後姿を見送りながら、小さく笑ってしまった。自分の事もままならない俺が何をしているのかと。でも、一生懸命に「生きたい」と手を伸ばしている彼等の手を掴みたかった。伸ばした手を誰も掴まなかったら、虚《むな》しいからな。

「俺には師匠がいた」

星を奪う事が村の者たちに知られ、誰もが俺を遠巻きに見た。それは家族も同じ。いや、兄たちは星を奪った俺を怨んだ。当たり前だ。彼等は、星の数で人の価値が変わると思っているから。

村の中で俺は、一人だった。誰もが俺を怖がり近づかなかった。大人たちからは、町から出て行く事を望まれた。そんな俺の手を掴んでくれたのは、師匠だ。俺は、師匠の様な存在になれるとは思っていない。ただ、きっかけになればいいと思った。そして、

「誰かを救えば、俺は自分を許せるかな？」

俺にせいで家族がバラバラになってしまった。今は落ち着いたけど、両親は嫌がらせを受けていた。俺の事で、苦しい思いをさせてしまった。

俺は、村の者たちを怨んだ。俺と家族は関係ないと。本当は、俺がオール町から出て行けば良かったんだ。でも、俺は弱くて。家族から離れたくなかった。

「あ〜駄目だ。おかしな事を考えている」

さすがに、酒の飲み過ぎだな。師匠も言っていただろ？　碌な事しか考えられない時は、何も考えるなって。

「いったん、オール町に戻ろうかな」

裏の仕事も、受けた依頼はすべて片付けた。だから……うん、戻ろう。


エガとランジには、また会うとは思った。でも一ヵ月しないうちに、しかも悲痛な表情で会いに来るとは思わなかった。しかもオール町で。

俺は自分の拠点《きょてん》がオール町だとは話していない。それに少し驚いたが、彼等の仕事を思い出し納得もした。さすがだと。

そして二人の今の状態に首を傾げた。どうして、そんな死にそうな表情をしているんだ？　何があったのか聞きたいが、どう話しかけていいのかわからない。

俺はある時期から一人だった。幼馴染は俺の事を気にしてくれていたが、あの時は俺にそれを受け止めるだけの余裕はなかった。師匠が来るまで本当に一日、誰とも話さない日もあった。だから、こういう時にどう話をしたらいいのかわからない。正直、非常に困っている。どうしようか。

二人の様子をよく見る。寝ていないのか、目の下の隈《くま》が酷い。かなり追い込まれているのがわかるし、何かを覚悟した目をしている。でもこの覚悟は駄目だと感じた。

何がこの二人を追い込んだのかわからない。もしかしたら教会に俺の事がばれたのかもしれないし、また殺しの依頼を受けたのかもしれない。命の契約が悪いほうに作用した可能性も考えられる。

「……」

本当にどうしようか。小さく息を吐き出す。

「あの、俺たち……」

エガの言葉に、彼を見る。その表情を見て、決めた。

何の確証もない。でも何となく感じた。今二人は、岐路《きろ》に立っていると。だから、俺は二人に道を示してくれる人を紹介しようと。勝手だけど、師匠ならきっと巻き込まれてくれると思うから。

……説教は、まぁ……我慢だな。最近は幼馴染のゴトスも煩いんだよな。二人を預けて、俺は仕事に行こうかな。

「それがいいな」

「えっ？」

ランジが不思議そうに俺を見る。

「何でもない、付いて来て」

俺の言葉に戸惑った二人。でも俺は気にする事なく、師匠の下へ向かう。彼らはきっと、付いて来るとわかっているから。

「待ってくれ。何処へ行くんだ？　俺たちはドルイドに話があって」

エガの言葉に頷く。

「そうか」

師匠を紹介すると言ってもいいけど、何となく逃げそうな気がするんだよな。う～ん、よしっ。

このまま何も言わずに連れて行こう。

「こっちだ」

「おい、だから人の話を聞けって」

ランジが少し苛立った声を出す。それに笑って、手招きする。そんな俺の様子に困った表情をするエガとランジ。

「ここだ」

俺は、師匠が使っている家に来ると、勝手に入って行く。

「お邪魔します」

一言言って入らないと、師匠の仲間マルアルさんが怖いんだよな。家に入ると振り返って、エガとランジを見る。二人は、家の前で周りを見回している。この家の様子から、何かを探っているんだろう。

「エガ、ランジ。こっちだ」

俺の言葉に、眉間に皺を寄せた二人。そういえば、この二人はたまに似た行動をするな。

「ドルイドの家なのか？　いや、さっき邪魔すると言っていたか、という事は誰の家なんだ？」

エガが少し早口で俺に詰め寄る。

「まぁまぁ、こっちだ」

俺の言葉で、答えを返す気がないとわかったのかエガの表情が険しくなる。暗殺者なのに、表情が出過ぎだ。きっとエガは気付いていないんだろうな。

「お邪魔します。客を連れて来た」

師匠がいる部屋に入ると仲間のタンバスさんもいた。そして俺に軽く手を上げた。

「どうしたんだ？」

「ちょっとお願いがあって来ました。二人は、エガとランジです。師匠、俺は二人とこんな契約を交わしたんですけど」

マジックバッグから、二人と交わした命の契約書を出して、師匠に渡す。師匠は内容を確かめると、微かに目を見開いた。そして俺を見て、一瞬何を言われるのか身構えた。

「ぷっ、あはははは。くくくっ。あはははははは」

あ〜、やっぱり師匠は師匠だな。うん、命の契約書を見てこんなに大笑いされるとは……。

「ドルイド、おもしろい物を拾って来たな」

「拾ったわけではないですから。あ〜、俺は仕事があるので」

窓から、この家に向かって来るゴトスが見えた。これはとっとと逃げよう。

部屋を出る時に、エガとランジを見る。なぜか呆然としているな。まぁ、師匠にお願いしたから大丈夫だろう。

「あとを、頼みます」

ゴトスに見つからないように家を出ると、そのまま冒険者ギルドに向かう。仕事があるのは本当だ。ただし、期限まではまだ余裕があるけど。

「あっ」

遠くに母の姿が見えた。隣にいるのは、確か親友だと言っていた人だな。どうしたんだ？　何だか、深刻そうな表情だけど。

「いや、関わらないほうがいいよな」

母に見つかる前に、脇道に入る。冒険者ギルドに向かうには少し遠回りになるが、問題はない。

冒険者ギルドに向かうと、今から仕事に向かう事を報告する。今回は、森の奥で暴れている魔物の討伐依頼だ。魔物の数によってはチームを組む事になるが、今回目撃されたのは二匹。だから俺だけで問題ない。

「行ってらっしゃいませ」

「行ってきます」

ギルド職員に挨拶をして、森へ向かう。まだ日は高いので、運が良ければ明日までに魔物討伐は終わるだろう。運が悪かったら、数日間、森の中で野宿だな。

魔物が目撃された場所に着くと、周辺の木々や地面を調査する。今回の魔物は、ガシュラス。動きが速く体当たりをしてくるので、不意の攻撃に注意が必要だ。

森の音や風の流れを感じながらゆっくりと、ガシュラスの痕跡を探しながら移動する。微かに水の音が聞こえたので、そちらに向かって行く。小さな川を見つけると、周辺に魔物の痕跡がないか探す。

「あった」

ガシュラスの痕跡を見つけ、その周辺を重点的に調べる。

「おかしいな。足跡の数から二体以上はいるみたいだけど」

目撃者の話と違うな。討伐の前に調査が入った筈だけど、見逃したのか？

ガサガサガサガサ。

魔物が来る。周りを見て、背の高い木を見つけるとその木をよじ登る。

水を飲みに来た魔物を見る。今回討伐依頼が出ているガシュラスとは違う魔物だ。

「かなり警戒しているな。何かがおかしい」

水を飲んでいる魔物は、しきりに周辺を気にしている。

ガサガサ。

木の揺れる音に、水を飲んでいた魔物が顔を上げる。次の瞬間、その魔物の後ろにある茂みから
ガシュラスが現れた。

「あれ？」

ガシュラスの動きを見て、木の陰に体を隠す。やばい。あのガシュラスの様子、普通ではない。

「まさかっ！」

木の枝を伝って森を移動しながら、周りに視線を走らせる。そして、木々の間からある物を見て
溜め息を吐く。

「やっぱり」

ガシュラスの様子を気にしながら、木から下りて目的の場所に向かって駆ける。そして、見えた光景は木々で隠すように捨てられたゴミの山。

「違法な捨て場か」

それにしても、ゴミの量が多い。この捨て場を使っている冒険者は、定期的にゴミを捨てに来ているのか？　もしくは、捨てに来る冒険者たちが多いのか。

「でも、どうしてこんな場所に？」

マジックバッグから地図を出して、今いる場所を確認する。

「ここだよな。周りには何もないんだけど」

地図上では、この周辺に冒険者が惹かれる物はない。捨てられているゴミを確認する。マジックアイテムの灯りが多いな。それに、岩を削る道具もあるな。これは、洞窟を探索する時に必要な物だ。

「この近くで、洞窟が見つかったのか？」

洞窟内でドロップする物が良かった場合、冒険者は報告せずに独占する事がある。別にそれは悪い事ではない。冒険者ギルドでも、その行為を止めてはいない。でも、ゴミを捨てる事は禁止している。それは、魔物に影響を及ぼすからだ。

「そういえば一部の冒険者が、洞窟を隠す為にゴミを使って周りの魔物を凶暴化させようとしたと聞いた事があるな。作戦は失敗したそうだけど……ここでも？　まさかなぁ？」

ガサガサ。

木々の葉が揺れる音に、近くの大木に登る。

ギャアウ。

ドシドシと音を立てながら二匹のガシュラスが姿を見せた。鼻を鳴らしながら、前脚で地面をどんどんと叩く。ガシュラスは強いが、それほど好戦的な性格ではない。特にあんな地面を叩いて威嚇する事はない。異常だ。間違いなくあの二匹のガシュラスは、ゴミの影響で凶暴化していると言えるだろう。

さて、どうしようか。今回の依頼は、ガシュラスの討伐だが凶暴化しているとは聞いていない。これは明らかに調査不足。この場合は、討伐を途中で切りあげても問題にはならない。ガシュラスが凶暴化している事を調べられなかった冒険者ギルドの責任だから。

「まぁ、討伐しようと思えば、出来ない事もないよな。ただ、あの二匹だけなのか？　それとも、もっと影響を受けた魔物がいるのかどうか」

凶暴化した魔物があとからあとから来られたら、さすがに危険だ。しかも凶暴化した魔物は、動きが本来のガシュラスとは違うから、予測が出来ないんだよな。

ギャガアア、ギャガア。

あっ、見つかった。

ドン。

「うわっ」

嘘だろ。乗っている木をガシュラスが体当たりし始めた。このままでは、木から振り落とされそうだな。

「倒すしかないな」

木の下で暴れているガシュラスを見る。木に体当たりをした所を狙うか。

ドン。

ガシュラスが木にぶつかった瞬間を狙って、一気に首元を狙って剣を突き刺す。

ガァガァ。

くそっ、一発で仕留められなかった。と言っても、次で決める。

ガァァァ。

「よしっ！」

ギャガア、ギャガア。

やばい、もう一匹が来る！　これは逃げられそうにないな。

鳴き声を上げながら、ドスドスと迫っているガシュラスをぎりぎり避けると、腹に向かって剣を突き刺す。

ギャガア。

森に響く雄叫びに、パタパタと軽い足音が聞こえた。近くに隠れていた動物が逃げ出したみたいだな。

「これで終わりだ！」

腹に刺した剣を抜き、少しふらつくガシュラスを横から蹴って、体勢を崩させると首元に剣を突き刺す。

ギャガァァ。

「……終わったか？」

森に流れる風や木々の擦《こす》れる音に、耳を澄ませる。不調和な音が聞こえないので、凶暴化したガシュラスはこの辺りにはいない様だ。

「討伐完了で良いか。倒したガシュラスは持って帰ったほうがいいだろうな。凶暴化の調査に役立つだろうから」

マジックバッグを取り出して、二匹のガシュラスを入れる。

「さて……もう夜か。今日は野宿だな」

明日は早くここを発って町に……戻ったら面倒な事になりそうだな。そうだ。討伐完了の報告とガシュラスを引き渡したら、すぐに次の依頼を受けよう。もし、依頼がなければ他の村に行ってもいいな。

師匠はいいけど、絶対にゴトスにまで話が行っている筈だ。そうなると、色々言われるだろう。それは、面倒だ。

「今日は、木の上でいいか。この辺りは、木に住む魔物はいない筈だし」

まぁ、寝るわけではなく少し休憩するだけだから、それほど場所に気を配る必要はないだろう。見つけた大木の枝に座り、体を木に凭れさせる。これだけでも十分な休憩になる。

「あいつ等はどうしてるかな」

師匠に押し付けてきたエガとランジ。最後に見た彼等の表情を思い出して笑ってしまう。

「かなり驚いていたよな」

師匠に命の契約について話すとは思っていなかったんだろうな。まぁ、当たり前か。

そういえば、前に会った時とはかなり違ったな、二人とも。特に感情が表情に出ていた。

「命の契約、か。あの時は、投げやりな気持ちもあって深く考える事なく契約を交わしたけど、いいほうに契約の力が働いてくれたみたいだな」

俺でも。

「奪うだけじゃない。俺にも……」

与えられたのかな？　女性の暗殺者は、この世界から消す事しか出来なかった。エガとランジが、新しい人生を歩んでくれたらいいのに。

「あれっ？」

パッと周りを見る。少し明るくなった空。

「あ～、休憩のつもりは少し寝てしまったのか」

予定が狂ったな。まぁ、まだ大丈夫だろう。オール町に戻って、仕事を終わらせよう。

ガシュラスの入ったマジックバッグを持って、オール町に向かう。

「おかえりなさい。お疲れ様でした」

オール町、冒険者ギルドで依頼完了の報告をする。チラッと、冒険者ギルドの出入り口を見る。

そして溜め息を吐いた。

そうだよな。ゴトスとは幼馴染だ。だから、俺の行動は予想出来ただろう。

まさか、こんな早朝からゴトスが冒険者ギルドで待ち構えているとは思わなかった。これは、絶対に逃げられないだろうな。あぁ、ゴトスの説教はぐちぐちと長いんだよ。

「ドルイド」

「あぁ、なんだ」

「報告は終わったか？」

「まだだ」

終わってほしくないけど、ガシュラスを渡したら終わりだな。

「まだ？」

「あぁ、違法な捨て場の報告と、暴走したガシュラスを持って帰って来たので」

「違法な捨て場？　あの辺りに、冒険者が集まる様な物があったか？」

ゴトスの言葉に、冒険者ギルドの職員も頷いている。

「報告はないが、おそらく洞窟を発見したんだと思う。捨てられていたマジックアイテムが、洞窟探索に必要な物だったから。地図を出してください。印を付けるので」

「はい、お待ちください」

ギルド職員が出した地図に、違法な捨て場を見つけた場所に印を付ける。

「この場所は……」

「何か気になる事でも？」

ギルド職員を見ると頷いた。

「その辺りによく行く冒険者がいるんです。近くで採れる果実の話をよくしていました。好きらしく」

違法な捨て場を作った冒険者は、早々に見つかる可能性があるな。

「そうか」

「あっ。この事はまだ内密にお願いします。これから調査に入るので」

「わかっている。あと暴走したガシュラスは、どうしたらいい？」

俺の言葉に、ギルド職員が後ろを振り向いて手を上げる。それを見た、別のギルド職員が来ると、奥にある解体部屋に案内された。

「どうして、ゴトスが付いて来るんだ？　表で待っていてもいいぞ」

「師匠から、連れて帰って来いと言われているからな」

はぁ、駄目か。

「わかった。ちゃんと師匠の所へ行く」

諦めるしかないな。

ガシュラスを渡すと、ゴトスと一緒に師匠の元へ行く。あぁ、嫌だな。

大笑いしていたけど、絶対に何か言われるよな。

「諦めろ」

ゴトスの言葉に、肩を竦める。

「別に悪い事をしたわけではないだろう？」

ゴトスの言葉に、頷く。

「あぁ」

「やばい組織のやばい奴と関わったと、師匠に言わなかっただけだ」

それが一番問題だろうな。面倒事に関わったら、もしくは手に負えない組織と関わったら、相談しろと言われていた。

女性を教会から隠した時、師匠に言おうか迷った。教会の関係者に関わったら、家族にも被害が及ぶ可能性があるから知らせたほうがいい事はわかっていたから。でも、自分で対処出来ると思った。だから、何も言わなかった。今もその判断が間違っているとは思わない。俺は既に一人立ちしているのだから。

「ただいま戻りました」

ゴトスが師匠たちがいる建物に入る。そのあとに続いて、中に入ると奥から声が聞こえた。師匠がいる部屋に入ると、片手に酒が入ったコップを持った師匠が出迎えてくれた。

「よう、お疲れ様。あの二人は、問題ないぞ」

師匠の言葉に、ホッとした自分に少し驚いた。エガとランジの事は、それほど心配をしていないと思っていた。教会で鍛え上げられた暗殺者だから、ある程度の事は彼等で対処が出来ると知っていから。でも、師匠の言葉で気付いた。俺はあの二人が心配だったのか。あぁ、だから師匠は、ゴトスに俺を迎えに来させたんだ。

「そうですか、ありがとうございます」

俺は、まだまだだな。師匠に向けて頭を下げた俺を、驚いた表情でゴトスが見ている。まぁ、素直に頭を下げた事がないから、当然の反応だな。

「依頼はどうだった？」

師匠の言葉に、違法な捨て場と暴走したガシュラスについて話した。聞き終わると、師匠が溜め息を吐く。

「ゴミに残っている魔力が、魔物を暴走させるとわかっているのにあとを絶たないな」

師匠の言葉に、頷く。わかっているのに、自分たちが楽なほうを選ぶ。いずれそのせいで自分を追い込む可能性があるとわかっているのに。

「まぁ、あとは、冒険者ギルドの仕事だ。ドルイド、なぜあの二人と命の契約書を交わした？」

いきなりだな。いや、この話をしに来たんだからいきなりでもないか。

「何となく、いいかと思ったんです」

「そうか。あの契約書を見た時は笑ったな。まさか、面倒事は嫌いだと公言している奴が、あんな面倒事を自ら抱え込んでくるんだから」

それで、あんなに大笑いしていたのか。

「酒が入っていたので」

「酒ね。まぁドルイドも、既に一人立ちしているからな。色々言うのはやめておく」

俺の返答に、傍で話を聞いていたゴトスの表情が歪む。きっと嘘だとばれているんだろうな。でも、師匠が何も言わないせいか、何も言わずぐっと耐えている。それに少し悪いなという気持ちが湧く。きっと、心配掛けてしまったから。

「無謀な事はするなよ」

師匠の言葉に頷く。命の契約はどっちだろう？　やっぱり無謀な事かな。

「はい。心配掛けてすみませんでした。ゴトスも、悪かった」

説明前に逃げたしな。

「本当にな。話を聞いた時は、森まで殴りに行きそうになった」

来なくて良かった。ゴトスに苦笑すると、師匠を見る。

「ははっ。それで、あの二人は今、何をしているんですか？」

問題ないとは言ったけど、今は何処にいるんだろう？

「今はエガとランジは、マルアルから人の見抜き方を学んでいる」

人の見抜き方？　それは、暗殺者の仕事をしている彼等には不要では？

「あの二人は、人として重要な事を学んでいない。人の殺し方、気配の探り方に隠し方。そして屋敷に侵入する方法に隠れ方。人の騙し方に、裏切り方。それらは完璧に叩き込まれている。でも、人との付き合い方は、理解しているのではなく周りの人のやり方を真似ているだけだ」

そうだったか？　……わからない。俺と初めて会ったのは、あの任務の時だ。あの時のエガとランジは、かなり不安定だった。

次に会ったのは数日前。この時は不安に駆られていた。どちらも追い詰められている状態だった。

俺は、彼らに「自由になれ」と願ったんだけどな。

「ドルイド？」

「えっ？」

ゴトスの声に、彼を見る。

「大丈夫か？　随分と険しい表情をしていたが」

険しい？　自分の頬を手で撫でる。そんなつもりは、なかったんだけどな。

「ドルイドは優しいからな」

俺が、優しい？　家族から色々な物を奪って来た俺が？

「まぁ、それはいい」

師匠は俺を見ると、ポンと肩を叩く。なぜか、考えるのを止められた様な気がした。

「師匠？」

「ドルイドは、彼等に何を望むんだ？」

えっ？　俺がエガとランジに望む事？

「命の契約を交わしたんだ、彼らの命を手中に収めているのだから、色んな命令を出せるだろう？」

まぁ、そうなんだろうけど。俺が彼等に何かを求める事はない。

「彼等の望むように、生きてくれたらいい」

「そうか。わかった」

師匠は俺の返事がわかっていたんだろうな。

「あれ？　ドルイドじゃないか」

師匠の仲間のマルアルが部屋に入って来る。その後ろを見るがエガとランジは一緒ではない様だ。

「二人はどうだ？」

師匠の言葉に、マルアルが首を横に振る。それに少し不安を覚える。

「人と触れ合う事や、誰かを信じる事、仲間を作る事も、上手く感情を隠しているが拒否反応が見られる」

マルアルの言葉に眉間に皺が寄る。

「教会の屑どもは、彼等が子供の頃から何度も、何度も仲間同士で殺し合いをさせて、心を壊していくと聞いた。それは、誰を殺しても罪悪感を持たないように。多少の事が起きても、任務を遂行出来るように。エガとランジは、誰かと関わって、その誰かを自分たちが殺す事に恐怖心があるんだと思う」

俺があの二人と命の契約書を交わす前にも、呟いていたな。「俺たちがドルイドを、嫌だ。殺すのは」と。

「ただ、奴隷契約は完全に抑え込まれているみたいだ。そのせいで自害が出来るかもしれないが」

マルアルの言葉にハッとする。まさか。

「大丈夫だ。今の所、問題ないが……」

マルアルの言いたい事は、これからはわからないという事だろうな。

「まぁ、今からその心配をしてもしょうがない。ドルイド、会うか？」

マルアルの言葉に、少し戸惑う。エガとランジに、会う？　確かに、二人に会いたい気持ちはある。でも、

「元気なんですよね？」

マルアルを見る。彼は、その質問にはすぐに頷いた。

「あぁ、これからの事に悩んでいるみたいだけどな」

これからの事に悩んでいる二人に会うのは、駄目だと思う。師匠の言葉じゃないけど、俺は二人の命を手中に収めている。今、会えば彼等が俺の為に行動しようとするかもしれない。ただの杞憂《きゆう》なら、それでいい。でも、不安に感じるなら会わないほうがいい。

「会いません」

「そうか。まぁ今は、会わないほうがいいかもしれないな」

師匠の言葉に、頷く。マルアルも賛成のようで、俺を見て頷いた。

「マルアル。あの二人が何を選んでも、口を挟むな」

師匠の言葉に、マルアルが当然と頷く。

「もちろんだ。彼等が考えて出した答えだ。どんな答えでも尊重する」

窓から外を見ると、庭にいるエガとランジが見えた。二人は木の下に座り、話し合っている様だ。

「あっ！」

エガの笑みに、声がこぼれる。だってそれは、初めて見たエガの本当の笑顔だったから。いや、まだ少しぎこちないかもしれない。でも、確かにエガは笑っている。そしてそれに釣られるように、ランジが笑い出した。エガよりも豪快に笑うランジに、つい笑みが浮かぶ。

「笑えるようになったのか」

「えっ？　笑える？　普通の事だろう？」

マルアルの不思議そうな表情に、俺は少し驚いた。彼のこの反応は、以前の様な不気味な笑みを見ていないという事になる。

「前の笑みは、ちょっと」

色々含みのある笑みだったからな。

「そうだったのか。昨日もあんな感じだったから、知らなかったよ」

エガとランジを見る。少しずつ変わってきているのかもしれない。

「師匠」

「何だ？」

「俺は、暫くこの町を離れます」

二人がこの先の生き方を決めるまで、俺という存在が邪魔をしないように離れておこう。

「そうか。わかった」


「お父さん！」

「あっ」

呼ばれたほうを見ると、アイビーが俺の顔を覗き込んでいた。

「大丈夫？」

心配そうなアイビーの頭を撫でる。

「大丈夫だ、少し昔を思い出していたんだ」

あのあと、俺はすぐに町を離れた。そして依頼に忙殺される日々の中、師匠から連絡をもらった。「二人が教会に戻った」と。最初は、悲しかった。どうして教会に戻ってしまったのかと。少し裏切られた様な気持ちにもなった。

でも師匠から二人の様子を詳しく聞いて、何か理由があって教会に戻ったのだと気付いた。だから、二人からの伝言「必ず戻って来る」という言葉を信じて待つ事にした。

先ほど見た二人を思い出す。声を掛けられても一瞬誰なのかわからないほど、二人の雰囲気は優しくなっていた。

「あんなに人は変われるんだな」

「もしかして、今日会ったエガさんとランジさんの事？」

アイビーの質問に笑って頷く。

雰囲気もだけど、最後に見たあの笑顔より良い表情だった。二人を思い出すと、ふっと笑みがこぼれる。ようやく会えた。

「お父さん、すごくうれしそう」

「えっ？」

アイビーを見ると、楽しそうな表情で俺を見ていた。

「そうか？」

「うん」

うれしそうか。確かに、二人に会えた事が、二人が自然に笑っている事がうれしいんだ。

「エガさんとランジさんはどんな人なの？」

……どう説明しようかな。アイビーの事だから、ある程度真実を話しても大丈夫だと思うけど……。

「簡単でいいよ。何処で知り合ったの？　あっ、内緒？」

裏の仕事関係なのか気にしているのか？

「彼等とは、冒険者ギルドの依頼で一緒に仕事をしたんだよ。ちょっと問題を抱えていたから師匠に丸投げしたんだ。

「お父さん、それは……」

あっ、アイビーが俺に「酷い」という表情をした。でも面倒事は師匠に任せるのが一番なんだ。

「エガさんたちが抱えている問題は、解決したの？」

「いや、まだだ。だからずっと会っていなかったんだ」

俺は、ずっと待っている。二人が教会から離れるのを。

「そうなんだ」

「だから、久しぶりに会えてうれしかったんだよ」

まだ会えないと思っていたからな。

「そっか。良かったね」

「あぁ」

アイビーがうれしそうに笑うので、釣られて笑みが浮かぶ。そういえば、アイビーに対する俺の態度に、エガもランジも驚いた表情をしていたな。

「俺も、変わったからな」

エガとランジの驚いた様子を思い出す。次に会った時に、何か言われそうだな。その時は、また一緒に酒でも飲むか。

あとがき

皆様、お久しぶりです。ほのぼのる500です。この度は『最弱テイマーはゴミ拾いの旅を始めました。十一巻』を、お手に取ってくださり本当にありがとうございます。皆様のお陰でシリーズ累計一一〇万部を突破しました！　本当にありがとうございます。そしてこの十一巻が発売される頃は、TVで『最弱テイマーはゴミ拾いの旅を始めました。』のアニメが放送されているはずです。多くの方に楽しんでいただけていたら幸いですが……どうでしょう？　アイビーの旅を楽しんでいただけていますか？　よろしければ、頑張っているアイビーとソラを、応援してください。どうぞ、よろしくお願いいたします。

十一巻では、教会から逃げたマリャの状態について、詳しく描きました。彼女の状態については、少し悩みました。長い間、教会に搾取され続けてきたのだから、逃げ切ったらすべて問題なしにしようか。それとも、まだ影響が続いている事にしようか。私としては逃げたら終わりでも良かったのですが、教会という場所がどういう所なのか。それを描くいい機会だと色々考えた結果、想像以上に彼女が酷い状態になってしまったのは申し訳なく思います。でもマリャの状態から、教会がどういう場所なのか少し表現出来たと思います。そして教会については「番外編　暗殺者」で、もう少し詳しく描く事が出来ました。教会に属している暗殺者の二人は、教会が悪だと印象付ける意味でも、何処かで入れたかったんです。最初、二人の暗殺者とドルイドを関わらせる予定はありませんでした。でも誰かと関わらせたいと思った時、ドルイドが最適だと気付きました。しかも三人の出会いを想像したら、かなりおもしろい物語が出来ました。その出会いは、書き下ろしの「番外編　二人の暗殺者」で楽しめます。ドルイドを含めた三人の過去と今。違いを感じていただけたらうれしいです。

ＴＯブックスの皆様、十一巻でも色々とお世話になりました。担当者Ｋ様、今回も本当にありがとうございます。皆様のお陰で無事に発売する事が出来ました。

最後に、この本を手に取って読んでくださった方に心から感謝を。引き続き十二巻もよろしくお願いいたします。『最弱テイマーはゴミ拾いの旅を始めました。』はコミカライズも、好評発売中です。また、『異世界に落とされた…浄化は基本！』のライトノベルに、コミカライズも、よろしくお願いいたします。

二〇二四年二月　ほのぼのる５００

広がる
第四部
貴族院の図書館を
救いたい! Ⅶ
漫画:勝木光
好評
発売中
新刊、続々発売決定!
好評
発売中
第二部
本のためなら
巫女になる! X
漫画:鈴華

漫画配信サイト
CORONA EX
コロナEX
TObooks
OPEN!!
詳しくはこちら！
https://to-corona-ex.com/

TOブックス
コミカライズ
連載最新話が
読める!
パイスリー様!!
月額400円(税込)で
全作品が読み放題!

最弱テイマーはゴミ拾いの旅を始めました。11

2024年3月1日　第1刷発行

著　者　ほのぼのる500

発行者　本田武市

発行所　TOブックス
〒150-0002
東京都渋谷区渋谷三丁目1番1号　PMO渋谷Ⅱ　11階
TEL 0120-933-772（営業フリーダイヤル）
FAX 050-3156-0508

印刷・製本　中央精版印刷株式会社

ISBN978-4-86794-077-8